透明なきみの後悔を見抜けない

人はどうすれば、光り輝く人生を送れるのだろう？
自分が変わればいい？
もしそうなら、どうすれば変われる？

世の中には変わりたいと思ってる人がたくさんいる。
けれど、なりたい自分には、なかなかなれない。
誰も教えてくれないし、自分で調べてもよくわからない。

なりたい自分をイメージする？
必死に努力する？
強い信念を持つ？

その方法は——大切な人が教えてくれた。

第一話「熱血漢な野末一樹の後悔」

ぼくは――誰なんだ？

チュンチュンという、鳥のさえずりで目が覚めた。

ぼくは公園のベンチに寝ていた。

――なんでここで寝ていた？

――いつからここにいた？

――どれくらい寝ていた？

……わからない。自分の家がどこにあるのかも。

家族構成も、生い立ちも、仕事も。自分に関することを思い出せない。

自分が誰なのか、わからない――。

体を起こして立ち上がり、あたりを見渡す。

出勤するサラリーマン、登校する女子高生、散歩するおじいちゃん。

この場所を知っている――駿府（すんぷ）公園の中央広場？

静岡市（しずおかし）の中心にある公園。朝は大勢の市民がここを抜けて会社や学校に向かう。

ぼくは、なんでここにいるんだ？

ここがほんとうに駿府公園なのか確かめるため、徳川家康（とくがわいえやす）の銅像に向かった。

銅像はあった。

晩年の家康が築城した駿府城の跡地を利用した広大な公園。家康は六十五歳から七十五歳までこの駿府で過ごした。もう城は建っていないけど、今もこの公園は当時のように水路で囲まれていて、東西南北の四ヵ所には橋が架けられている。

……謎だ。こんなことは覚えている。

ぼくの職業は、歴史学者？

博物館の学芸員？

建築家？

……いや、自分の職業なんてどうでもいい。

それよりも、なにか『やらなくてはいけなかったこと』がある気がする――。

……思い出せない。

けれど、焦りや不安をずっと抱いていた気がする。

悩みがあった？

……ぼくのことで悩んでいたわけじゃない。ほかの誰かのことで悩んでいたような――。

それがなんなのか突き止めようとしていると、ふたり組の女子高生がやってきた。ひとりが銅像とぼくの前に立ってピースサインをする。もうひとりが薄くて小さい、変わった形の縦型カメラを構えた。

——記念撮影？

ぼくは写真に入らないよう横に移動した。カシャッ、というシャッター音。

「あとでインスタにあげようよ」

「地元で記念撮影ってヤバいんだけど」

「だね、マジで草」

女子高生たちは行ってしまった。

「インスタ？　マジでクサ……？」と、思わずつぶやいてしまう。

最近の女子高生たちの言動は謎だ。歳(とし)もぼくとあまり離れてないのに、ぜんぜんついていけない。

公園の西側に架かっている西門橋に向かった。

自然とそこに足が向いたのだ。

橋に着くと、若いOL風の女性も満開の桜を小型カメラで撮影していた。

今の季節、大勢の人たちがこの桜を撮影する。

ぼくは城を囲む水路を眺(なが)めながら、自分の過去を思い出そうとする。

しかし、やはり思い出せなかった。

……誰かに助けを求めるか？

けど、自分のことがわからないなんて信じてもらえるだろうか？

と言っても、ひとりでは思い出せないかもしれない。

どうすればいい？

なんでこんなことになってしまったんだ──。

ぼくは、深いため息をついた。

そのときだった。

「ワン、ワン！」

犬が走ってきた。

小さくて茶色い。子犬というほどではないけど、成犬にはなっていない若い柴犬だ。そいつは尻尾を振りながら、ぼくの周りをぐるぐる走る。ぼくはしゃがみこみ、柴犬の頭をなでた。首輪はついてるけど、リードはついてない。

「どうした、飼い主は？」

柴犬は嬉しそうに、ハッハッと舌を出しながら、ぼくを見つめる。

「ちゃんこ！」

と、飼い主らしき大学生くらいの青年が小走りでやってくる。

ぼくのもとまで着いた彼は、「すいません」と優しげに微笑(ほほえ)んだ。

なぜか、すごくあたたかい気持ちになった。

……なんでこんな気持ちになるんだ？

「ちゃんこって、この子の名前？」

青年に話しかけた。

「はい。ほんとは違うかもしれないんですけど……」

意味がわからず、青年の瞳(ひとみ)を見る。

「迷い犬なんです。駅南の住宅街にいたんですけど、飼い主さんじゃないですよね？」

見覚えはない。そもそも、自分に関する記憶もないのだ。

「……いや」

「そうですか」

青年は明るく言った。

と言っても、元気でハキハキはしてない。力の抜けたような声だ。

半開きの目で眠そうな表情。さっきから話しかたもナヨナヨとしている。

青いライダースのダブルジャケットに、ところどころ破けた古いジーンズ。ロックテイストで都会的な服装だ。髪はボサボサのミディアムヘア。

スラっとしてスタイルもいいし顔も悪くないのだけど、色男という印象じゃない。

派手目な服装とは裏腹に、どこか頼りない雰囲気を持ってるせいかも。

よく言うと温厚そう。悪く言うととても能天気そうだ。

「リード、つけなくていいの？　大通りに飛び出したら危なくない？」

「大丈夫です」

青年は笑顔で断言する。

それだけの訓練がされているのか……とはいえ、ちゃんこはさっきも興奮しながらぼくに走ってきたから危ない気もするけど。

「ところで、なんか困ってます？」

青年がぼくの顔をのぞき込んできた。

「……どうして？」

「ため息、ついてませんでした？」

「ああ、さっき……」

ついてたかもしれないけど、なんでそんなことを訊いてくるのだろう。

「おれ、人助けが趣味なんです。困ってそうな人に、こうしてよく声をかけてて」

青年がぼくの気持ちを読んだように言う。ぼくはつい笑みをこぼした。

「変わってるね」

「よく言われます」

笑顔を返される。

というより、さっきから常に微笑している。微笑が通常の表情のようだ。

男子高校生のグループが、青年をチラチラと見ながら通り過ぎた。彼らの気持ちが少しわかった。なんだか不思議な雰囲気の青年だからだ。どことなく危ういような、それでいて人を惹きつける魅力を持っているような……。

どうしようか。

記憶のない人間なんてそうはいないから信じてもらえないかもしれないけど、心配してくれてるんだし、相談してみるのもいいかもしれない。

「信じてもらえるかわからないけど……」

青年の様子をうかがいながら口火を切ると、

「まあ、そんときは、そんときで」

能天気に言われた。

ぼくの悩みに責任を負うような気持ちは一切ないように見えた。あまりに軽いから、軽く言ってみる気になった。

「自分が誰なのかを……思い出せないんだ」

「へえ、そうなんですか」

感心するように返す。

「信じるの？」

「ええ。くわしく聞かせてください」

青年が目を輝かせた。まるで、謎を解き明かそうとする探偵のように。

偽善や同情は感じない。人助けが趣味というのはほんとうなのだろう。どんな理由があるのかはわからないけど、人を助けることに喜びを感じているように見えた。

ぼくは、自分に起きていることを青年に説明した。

すべてを聞き終わると、青年は言った。

「駿府公園で目が覚めた？」

「うん、家康像を見つけて駿府公園だとわかったんだ」

青年は考えるような仕草をした。

「……それで、やらなくてはいけなかったことがある？」

「それだけはわかるんだ」

「それは大変そうですね。よかったら、あなたの記憶を取り戻す、お手伝いをしましょうか？」

「……ありがとう」

ほっとした。もっと早く、こうして誰かに助けを求めればよかった。

「まずは、少しでも覚えてることはありますか？」

「うーん……あ、この公園のことや家康のことは覚えてる」

「歴史にくわしい?」

「そうかも」

青年はぼくから少し離れ、ぼくの全身を眺めた。

「なにしてるの?」

「いや、スポーツジャージを着てる人ってめずらしいんで。歳は二十代中盤から後半、話しかたは丁寧。常識もあって、短髪でヒゲも剃(そ)ってて真面目(まじめ)そう……」

青年がブツブツと言う。

見た目や雰囲気からぼくが何者か当てようとしているんだ。

やけに慣れている。

人助けには慣れてるかもしれないけど、自分が誰かわからない人間なんてそうはいないはずなのに。

青年が眉(まゆ)を寄せた。

「右の袖(そで)、見せてもらってもいいですか?」

「あ、うん」

戸惑いつつも、右腕を差し出す。

「これ、チョークですか?」

袖の縁に、うっすらと白い粉がついていた。チョークのようにも見える。

「あなたの職業は――教師じゃないですか？」

「……教師？」

その瞬間――教壇に立って生徒の名前を呼んでいた記憶が蘇った。

そこからどんどん思い出した。

そして――『やらなくてはいけなかったこと』もわかった。

「思い出した。ぼくの名前は野末一樹、二十八歳。この近くの中学で二年生のクラスを受け持っていた。担当教科は社会で、陸上部の顧問もしていた。そしてぼくは――ある女子生徒を助けたかった」

「くわしく聞かせてください」

青年は、はじめて真剣な顔をした。

「彼女の名前は、瀬戸五百里。ぼくのクラスの子で、大阪から転校してきてすぐに不登校になった。でも、その理由がわからなかった。家にも行ったけど会ってくれなかったから、お母さんを通じて交換日記を渡したんだ」

「交換日記……？」

青年が不可解な顔をする。

「会話が苦手な子でも、文章なら悩みを話してくれる子は多いんだ。瀬戸はいつも本を読んでたし、それならコミュニケーションをとれるかもって」

「なるほど」

「はじめは返してくれなかったけど、毎日家に寄っていたら、ひと言だけ返事をもらえた」

「なんて？」

「もう来ないでください、って」

「……キツイですね」

青年が苦笑いする。

「だけど、諦（あきら）めずに続けたんだ。なにか変わるかもしれないって」

「どんなことを書いたんですか？」

ぼくは日記のやりとりを思い出しながら、青年に話しはじめた。

十二月十一日　野末一樹

瀬戸。返事をくれてありがとう。

ひと言でも、嬉しかったよ。返してくれないかと思ってたから。

ずっと考えてたんだ。瀬戸はなにかに悩んでいたんじゃないかって。

先生のことが嫌いだったかもしれないし、クラスに苦手な子がいたかもしれない。

けど、まだなにも知らない先生には話す気にはならないよな。

だから、少しずつ仲良くなりたいんだ。

瀬戸は、休み時間にいつも小説を読んでたよな？

いつか先生が、「瀬戸、星新一（ほししんいち）が好きなのか？」って声をかけたこと、覚えてるか？

瀬戸は「はい」とだけ言って、小説を読み続けた。

先生もSF小説が好きだから、装丁（そうてい）を見て星新一の小説だってわかったんだ。

先生は筒井康隆（つついやすたか）が好きなんだ。

奇抜な発想っていうのかな……そんな設定が好きなんだよ。

瀬戸は、星新一のどんなところが好きなんだ？

十二月十八日　瀬戸五百里

野末先生。

「もう来ないでください」って書いたのは、先生が嫌いだからじゃありません。

毎日のように家に来てもらうのが悪いと思ったからです。
小説……先生もＳＦ小説が好きなんですね。
わたしが星新一を好きなのも、先生と似た理由です。
小説が好きというよりは、現実とかけはなれた物語が好きなんです。
星新一の小説は、短くて驚きが詰まってるんです。
わたしは物語に刺激を求めているんだと思います。
刺激の強い物語のほうが没頭できるんです。
現実の世界が嫌で、物語の世界に逃げているのかもしれません。

一月十一日　野末一樹

最近は、日記を返してくれるペースが早くなったよな。
最初は一週間に一回くらいだったけど、最近は三日に一回くらいになった。
先生が毎日のように家に寄ってるから、しかたなく返してるだけかもしれないけど
……。
今日は学校帰りに本屋に行ったあと、トンカツを食べたんだ。先生はトンカツが好きだ

から、休日は美味しいトンカツ屋を探し歩いてるんだ。

瀬戸は、休日はどう過ごすんだ？　好きな食べ物はなんだ？

一月十四日　瀬戸五百里

休日は、やっぱりひとりで読書をしていることが多いです。

好きな食べ物は、クリームシチューかな……。お母さんのクリームシチュー、すごく美味しいんです。

この前も日記に書いたんですけど、お母さんとは仲がいいんです。

先生。

ずっと訊いてこないけど、わたしが学校に行かなくなった理由、気になってますよね？

一月十五日　野末一樹

気にはなっているけど、無理には話さないでいいよ。

瀬戸が話したくなったら話してみてくれ。

そのときは、力になるから。

一月十八日　瀬戸五百里

わたし……お父さんと仲が悪いんです。

大阪にいた頃から、いつもお父さんに「勉強でいちばんになれ」って言われてきました。そのことが嫌でしかたなかったんです。

ずっと言う通りに勉強してきたんですけど、こっちに転校してからテストの成績が少しだけ落ちたんです。

それで、「なんで落ちたんだ！」って、またうるさく言われて。

仲の良い友達ができてなかったせいもあって、なにもかもが嫌になっちゃったんです。

お父さんは、勉強以外のことにも口を出してきます。

わたしが口答えをするたびに、

「お前のためを思って言ってるんだ」

と言います。

けど、どうしても、わたしのために言っているとは思えないんです。

「おれの理想の娘になってくれ」

そう言っているようにしか聞こえないんです。

「お前のため」という言葉を盾にして、わたしを思い通りにしようとしている。


わたしの人生なのに、なんでお父さんのために生きないといけないの？

生んでくれたから？

育ててくれてるから？

そのお返しに、お父さんの思い通りに生きないといけないの？

そんなの、勝手すぎる。

こっちは自分で選んでお父さんのこどもに生まれたわけじゃない。

わたしは絶対に、お父さんみたいにはなりたくない。

大人になんかなりたくない。

それが、学校に行かなくなった理由です。

ほんとうは家にもいたくないけど、今はお母さんがお父さんに「見守ってあげて」と言ってくれているので、お父さんのいる夜は、ずっと部屋に閉じこもっています。

一月十九日　野末一樹

お父さんのこと、話してくれてありがとう。

瀬戸の気持ち、先生にはわかるよ。

先生と顔を合わせて話してみないか？


そこまで話したところで、青年が言った。

「野末さん、すごく生徒思いですね」

「……そうじゃないんだ。それから瀬戸は、しばらく日記を返してくれなくなった」

「どうして？」

「ぼくが、瀬戸のことをわかってなかったから」

ぼくは続きを話しはじめた。

一月二十六日　瀬戸五百里

日記を返すのが、少し遅れました。
もう、交換日記を止めようかとも思いました。
だって、わたしの気持ちがわかるなんて書いてあったから。
先生は、わたしと違って強い人間です。
野末先生は、いつもしっかりしてて、完璧(かんぺき)な人間じゃないですか。
運動もできて、頭もよくて、女子にもモテて、生徒たちから尊敬されてる。
先生には、わたしみたいな弱い人間の気持ちなんてわかるわけありません。

一月二十九日　野末一樹

まずは、謝らせてくれ。
会って話そうなんて書いて悪かった。
それと、日記を返すのも遅くなって悪かった。
あれから考えてたんだ。
このことを瀬戸に伝えていいのか、ずっと迷ってた。
でも、正直に伝えることにするよ。

先生は、強くないんだ。

そう振る舞っていただけなんだよ。

教師は生徒の鑑(かがみ)じゃないといけない。

弱いところを見せたら、生徒を不安にさせてしまうから。

ほんとうは、ダメな教師なんだ。

今までどこの学校に行っても、学年主任や教頭先生から「野末先生は熱すぎる」って怒られてきた。昔から、自分の思いが強すぎると周りが見えなくなるんだ。

先生が熱くなりすぎたせいで、教え子が高校受験で失敗したこともあったし、教え子を部活で怪我(けが)させたこともある。

そのたびに落ち込んできた。

瀬戸の見ていた先生は、ほんとうの先生じゃないんだ。


気持ちがわかるなんて簡単に書いてすまなかった。

ただ、少しならわかるんだ。

先生にも不登校の経験があるから。

先生も瀬戸と似たような状況だった。

先生の場合は、母親がすごい教育ママだったんだ。

瀬戸。
先生は、学校になんて無理に来なくていいと思っている。
学校を休んでると焦るよな？　このまま人生を棒に振ってしまうんじゃないかって。
そんなことはないんだ。
こんなぼくでも教師になれたんだから。
人生は、いつからでも、いくらでもやり直しがきく。
来たくなったら来ればいい。それまで、先生はこの日記を続けるから。
ほんとうはこんなことを書くべきじゃないかもしれない。
教師として瀬戸と接するべきだから。
瀬戸が少しでも楽になるならと思ったんだ。
焦らなくていいから、このまま日記を続けよう。
先生は、瀬戸を見守るから。

二月一日　瀬戸五百里

まだ、気持ちが整理できていません。

だけど、先生の日記を読んで、楽になった気がします。

ほんとうに、わたしが学校に行きたくなるまで日記を続けてくれますか？

こんなダメなわたしでも、ほんとうにこのまま見守ってくれますか？

二月十四日　野末一樹

「ぼくは日記を続けると約束した」

「教師ではなく、ひとりの人間として瀬戸さんと向き合った？」

ぼくはうなずく。

「瀬戸はお父さんのこともよく書くようになった。ぼくに心を開いてくれていたんだ。あのときまでは……」

バレンタインのチョコレートありがとう。お母さんから渡されたときは驚いたけど、嬉しかったよ。

美味しかった。

食べ終わったあと、この日記を書いてる。

今日は、大切な話があるんだ。

先生、この春から掛川(かけがわ)の中学に赴任することになった。学校には瀬戸と日記を続けたいと頼んだが、ダメだった。

瀬戸と日記を続けると約束したのに……。

ほんとうにすまない。


このところ、よくお父さんの話を書いてくれてたよな。

そのことで、アドバイスをしたいんだ。

お父さんは間違っている。

でも、瀬戸のことが憎いわけじゃないんだ。

愛情表現の方法を知らないだけだと思うんだよ。

先生の母親もそうだった。こどもを立派に育てたくて不安だったんだ。

だからって、こどもになにをしても良いわけじゃない。瀬戸はなにも悪くないんだ。誰がなんと言おうと、先生はそう断言する。

ただ、覚えておいてほしいんだ。

大人も完璧じゃないと。

大人も、なにが正解かわからないまま手探りで生きてるんだ。

そのことを頭の片隅に置いたまま、過ごしてほしいんだ。


お父さんと仲直りしてほしいわけじゃない。

無理にお父さんを好きになってほしいという意味でもない。

お父さんのためじゃないんだ。

瀬戸のためなんだ。瀬戸に、混乱したまま生きてほしくはないんだ。

お父さんを、ひとりの人間として、ただ冷静に見てほしい。

先生も、親のことがわからなくてずっと苦しかったんだ。だけど大人になって、先生もそんな考えかたをしたら、徐々に楽になった。

先生は今も、母親とは仲の良い親子とまでは言えない。けど、昔よりはずっと良い関係になった。やっと頭を整理できたからなんだ。

今みたいに、親のことをなにもわからずに憎しみだけを抱え続けていたら、苦しいままになる。

先生は大人になってからはじめたから時間がかかったけど、今のうちにそんな考えかたをすれば、もっと早く楽になる。

瀬戸なら、それができる。

先生は、そう信じている。


瀬戸、先生は思うんだ。

先生は弱いけど、欠けているからこそ、できることがあるかもしれない。

そう思って生きている。

だから瀬戸も、完璧を目指さなくていい。

大人だって手探りで生きているんだから、瀬戸も手探りで、自分のペースで生きていけばいい。

瀬戸からの返事、待ってるから。

「その日から、瀬戸は日記を返してくれなくなった」

「一度も？」

ぼくはうなずく。

「バレンタインのお返しのクッキーだけはお母さんに渡したけど。異動してから、瀬戸がどうなったかはわからない」

そこまで話し終えて、ひと息ついた。

「つまり……野末さんは、瀬戸さんを助けたかった？

「まだやれることはあったと思うんだ。交換日記も続けられた」

「それ、問題になりません？」

「それでも続けるべきだった。あるいは、ほかの解決法を思いついたかも。『優秀な教師』なら──」

青年がぼくを見つめる。

またた。いつも、こんな考えかたをしてしまう。

「昔から自分と周りを比べてきた。あの先生だったらもっとうまくできただろうって。教師に向いてないんだよ。瀬戸のことも……最後まで教師として接したほうが、いい結果になっていたかもしれない」

どんどん声が小さくなっていった。

「優秀な教師になりたくて頑張ってきたけど、いつまで経っても変われなかった。教師を辞めようと思ったことも一度や二度じゃない。ぼくはダメなやつなんだよ……」

「精一杯、やってきたんですよね？」

青年の能天気な声が聞こえてきた。

精一杯……？

それは、やってきた自信がある。

失敗もたくさんしてきたけど、そのときは最善を尽くそうとしてきた。

「……うん」

「だったらいいじゃないですか。人間は、精一杯やることしかできないですよ」

「……そうか。そうかもね」

ぼくは表情をなごませる。

少しだけ心が軽くなった。

「それじゃ、瀬戸さんに会いに行きましょうか？」

「えっ？」

「彼女を助けたかったんですよね。まずは、どうしているか知らないと」

「そうだけど……恨まれてるだろうし」

青年は少し考えてから、言った。

「おれが代わりに会いに行きましょうか？」

ぼくは黙ってしまう。

「気になりません？　彼女がどうなったのか」

「……気になる」

四月から学校に行けたのか？　今もまだ行けていないのか？

そして、もしも今も苦しみを抱えているのなら、今度こそ助けたい——。

「じゃ……お願いしようかな。けど、きみは自分のことをどう説明するの？」

知らない青年がいきなり訪ねてきたら、瀬戸は不審に思うだろう。

「これから考えます。瀬戸さんの住所、わかりますか？」

ぼくは目印となる大きな建物を挙げながら、瀬戸の住所を説明した。青年は静岡市民のようで、すぐにわかってくれた。

「瀬戸さんのフルネームも漢字で教えてください」

「浅瀬の瀬に、戸棚の戸、五百に里で五百里」

「五百に里で『いおり』って読むんですね」

「お母さんがつけてくれたらしい。どこまでも歩いていけるようにって」

「わかりました。じゃあ、またここでまた会いましょう」

「わかった」

青年は立ち去った。ちゃんこも彼にトコトコとついていった。

このときは思いもしなかった。

自分にあんなことが起きていたとは――。

翌日、青年とちゃんこが西門橋に現れた。

ぼくと顔を合わせたとたん、彼は嬉しそうに口を開いた。

「瀬戸さんと連絡がとれました」

「連絡……家に行ったんじゃないの？」

「行ったんですけど、住所が変わってたんで」

軽く答える。

「引っ越したってこと？」

「って言うか……とにかく、今もこの近くに住んでます」

引っ越した家に電話した？

……けど、青年に父親の名前は教えていない。

「どうやって連絡をとったの？」

「それは……秘密です」

ニヤリとする。

探偵でも雇ったのだろうか……まあ、なんらかの手段をとったんだろう。

今はそんなことよりも。

「瀬戸は……どうしてた？」

息をのんで答えを待つ。

「それなんですけど……今から喫茶店に行きません？」

思いもしない言葉に戸惑った。

「やっぱり瀬戸さんの気持ちを、そのまま聞いてもらうほうがいいと思うんです」

瀬戸と会わせようとしている。

いい結果だったのか？

……いや、悪い結果でも、なんらかの理由があって会わせたいと思ったのかも。

「会うのは……」

ぼくはうつむく。

「会わなくていいです。ぼくと彼女の会話を、近くの席で聞いてほしいんです」

そういうことか……。

瀬戸を騙(だま)しているようであまり気分は良くないけど、顔を合わせる勇気がないのだから
しかたがない。

「……そういうことなら」

「よかった。じゃあ、行きましょう」

ぼくたちは喫茶店に向かった。
その途中、四車線の大通りで信号待ちをする。
ちゃんこも青年の後ろでお座りして信号が青になるのを待っていた。
今日もリードはついていない。
よく訓練されている……だから昨日も、ぼくが交通事故の心配をしても「大丈夫です」
と断言したのか。
「あれ……?」
青年が大通りの中央分離帯を見た。
猫が座っている。
この道路は車の通りが激しい。急に飛び出しでもしたらひかれてしまうだろう。
しかし——その猫が立ち上がり、こちらに歩みはじめた。
「あ……」
ぼくが声をあげたと同時に——青年が大通りに走り出した。
一台の車が青年に向かってくる。
青年が道路を歩く猫に飛びついて捕まえた。
ひかれる——。

車が急ブレーキをかけて、青年の目前で止まった。

青年が猫を抱きかかえて立つと、後続の車が次々とクラクションを鳴らしながら通り過ぎていく。

「すいません」

ヘラヘラしながら止まった車に頭を下げ、青年は何事もなかったように猫を抱いて戻ってきた。

青年が猫を下に降ろすと、猫は走ってどこかに行ってしまった。

「いやあ、危なかったですね」

青年は走り去る猫を見ながら、他人事（ひとごと）のように言う。

ぼくは唖然（あぜん）とする。

と、あることに気づいた。

「手から……」

青年の右手の指先から、ぽたぽたと血がしたたり落ちていたのだ。

「あれ？」

青年が手の平を見る。

さっき猫を助けたときに、手の平を切ってしまったようだ。

「病院に行かないと」

ぼくは心配するが、

「ほっとけば治ります」

青年は手を下ろし、まったく気にしない。

「いや、治らないよ」

血が流れてるくらいなんだ。

「医者は嫌いなんで……行きましょう」

……は？

このまま待ち合わせ場所に行こうとしているのか？

「瀬戸に驚かれるよ？」

青年はまた、手の平を見つめた。

「そっか。すいませんけど、薬局に寄ってもいいですか？」

「もちろん。でも、病院にも行かないと——」

信号が青になる。

「行きましょう」

青年が歩みはじめ、ちゃんこがトコトコとついていく。

呆気(あっけ)にとられながら、彼らのあとをついていった。

なんなんだ、彼は——。

怪我をしているのに、なんら気にしていない。

それに、さっきの行動……猫が動きはじめたとき、ぼくも危ないとは思った。けど、とっさには動けなかった。普通は動けない。

それなのに、彼は動いた。

危険かどうかは関係ないようだった。少しも躊躇しなかった。

その行動は、明らかにおかしかった。


薬局に寄った。

青年の傷を見ると思ったより深くはなかったため、ぼくがアドバイスし、ガーゼと包帯を買ってもらい、応急処置をしてもらった。

青年は少し面倒そうだったけど、言うことを聞いてくれた。

そしてぼくたちは、静岡駅の近くにある雑居ビルに着いた。

「ここの二階です。フルーツサンドが美味しいんですよね。ちゃんこ、待て」

ちゃんこがお座りする。

「もうすぐ瀬戸さんも来るので、先に入ってましょう」

ぼくは座っているちゃんこを見る。

「言いつけを守って、ずっと待ってるの？」

「はい」

「知らない人に連れ去られたりしない？」

「大丈夫です」

青年は断言し、ビルに入っていった。

ぼくはちゃんこを気にしつつも、青年と雑居ビルの階段を上がった。

二階の喫茶店に入る。

店内にはジャズがかかり、フランスで買い付けてきたようなレトロなテーブルや椅子(いす)が置かれていた。

青年は席を予約していたようで、店員さんに「さっき電話した者です」と伝える。ぼくたちはいちばん奥の窓側にある四人席に案内された。

「野末さんは、そこの席に座ってください」

青年の視線の先に目をやると、近くに胸ほどの高さのL字の仕切りがあった。

そこに移動すると、仕切りの奥にふたり席が隠れていた。

ここに座れば、入り口や四人席からはぼくの姿が見えない。

「わかった」

座ろうとすると、

「あっ、お願いがあるんですけど」

青年に言われる。

常に微笑していた彼が、めずらしく真剣な顔をしていた。

「瀬戸さんに話しかけず、我慢して話を聞いててください」

「……どういう意味？」

「そのままの意味です」

青年の顔が微笑に戻る。

ぼくは、顔も見たくないほど瀬戸に恨まれているのか？

……しかたないか。

あのときぼくは、瀬戸を見捨てたんだから。

沈んだ気持ちをごまかすように、顔をほころばせる。

「大丈夫だよ。話しかける勇気はないから」

ぼくは席に座った。

もうすぐ明らかになる。瀬戸はあのあと学校に行ったのか。ぼくのことをどう思っているのか？

あのまま瀬戸が、学校に行けていなかったら？

人生はいくらでもやり直せる。たとえそれが、いつからでも。実際、ぼくも不登校になっても教師になれた。

けど、中学二年は大事な時期だ。ずっと学校を休んでいたら、自分の行きたい高校に行ける確率は低くなる。

そうなると、選べる将来の幅も狭くなってしまうだろう。

ぼくは瀬戸に「学校なんて来なくていい」と言った。

だけど、あの言葉はほんとうに正しかったのだろうか？

瀬戸の将来をほんとうにしっかりと考えて言ったことだっただろうか？

軽率じゃなかったか？

無理にでも学校に行かせようとしたほうが、よかったんじゃないのか？

ぼくは、間違っていたのかもしれない――。

「いらっしゃいませ――」

店員さんの声。足音がこちらに近づいてくる。ぼくの背中にある仕切りの後ろから、「こちらへどうぞ」と、また店員さんの声が聞こえた。

「わざわざ来てもらって、すいません」

青年の声が聞こえてくる。

そして――。

「いえ。でも驚きました。フェイスブックにあんな連絡が来るとは思ってなかったから」

落ち着いた声が聞こえてきた。

――瀬戸だ。

「五百里さんってめずらしい漢字だから、出身中学と一緒に検索したら見つけられて、もしかしたらと思って連絡したんです。早速ですけど、野末一樹――叔父の話を聞きたいんです」

青年はぼくの甥と名乗ったのか。

「……はい」

「叔父は、五百里さんと交換日記をしてたとか？」

「不登校になってから先生に提案されて。けど、はじめは『もう来ないでください』って書いたんです」

「それでも、叔父は諦めなかったって」

「ええ、日記を通してだんだん話をするようになって。でも先生のこと、ほんとうの意味ではなかなか信頼できなかったんです。あの頃は父と仲が悪くて、大人を信用できなかったから」

「学校を離れることを伝えたあと、五百里さんから返事がなくなったと聞いてます。叔父のことも信頼できなかったんですか？」

「……」

やっとわかる。

瀬戸がぼくをどう思っていたか？

四月から学校に行けたのか？

しかし——瀬戸は意外なことを言った。

「これ、お返しします」

「これって……」

「交換日記です。読んでもらったほうが、当時のことがわかると思います。実は、あのあと返事を書いてたんです。いつかは先生に渡そうと思ってたんですけど……今日はお返しする良いきっかけだと思って持ってきました」

「……読みます。ありがとうございました」

椅子を引く音。

帰ってしまう——そう思ったぼくは自然と立ち上がった。

青年には止められていたけど、やっぱり瀬戸と話したい——。

ぼくが四人席の見える通路に立つと、制服を着た女の子と中年女性が青年の前に立っていた。

——ふたり？

瀬戸はお母さんと来てたのか？

だが、ふたりの顔を見たぼくは——絶句した。

中年女性と女の子は青年に会釈し、ぼくの前を通りすぎようとする。ぼくが固まっていたため、中年女性とぶつかりそうになった。

我に返ったぼくは、後ろに下がって通路を開ける。

ぼくの前を通り過ぎた制服の女の子は、後ろを振り返って青年を見ていた。不思議な雰囲気を持った彼のことが気になったのかもしれない。

「ありがとうございましたー」

店員さんの声。

事態を飲み込めなかったぼくは青年に言った。

「あ、あの人たちは――誰なの？」

顔が、違ったのだ。

制服の女の子は、ぼくの知っている瀬戸ではなかった。中年女性も、ぼくの知っている瀬戸のお母さんではなかったのだ。

「これから説明します」

青年が穏（おだ）やかな顔で言う。

そのとき、壁に貼（は）られていたカレンダーが目に入る。

その西暦を見たぼくは――息が止まりそうになった。

「二〇一九年……どういうことだ？　今年は一九八九年のはずだ」

ある可能性に気づく。

今まで感じていた違和感……そのすべてが、この事実で説明がつくと思った。

「あれから――三十年も経っていたのか？　きみと話していた大人の女性が瀬戸五百里で、もうひとりは……瀬戸の娘？」

「……はい。娘さんは高校生で、三者面談の帰りだったみたいです」

記憶がおかしいとは思ってたけど、あれからそんなに時間が経っていたなんて――。

信じられない。

だけど、駿府公園でのことを思い出してみると……。

「だからか……」

そうつぶやいたぼくの顔を、青年が見つめる。

「駿府公園で女子高生たちが見たこともない縦型カメラで写真を撮ってて、そのあとの会話も理解できなかった。『インスタ』とか、『マジでクサ』とか。それに、さっき瀬戸が言っていた『フェイスブック』も、なんのことかわからなかった」

「縦型カメラ……あ、たぶんスマホですね」

「スマホ？」

「携帯電話です。この三十年で写真も撮影できるようになったんです」

あれが？　トランシーバーみたいな形だったのに。それに写真も撮れるようになったなんて……。

「『インスタ』は……日記みたいなものです。他人の日記を誰でも見られるようになって。『マジで草』は、『笑える』っていう意味で、『フェイスブック』は『インスタ』の仲間みたいなもんです。五百里さんへの連絡もフェイスブックでしました。苗字が変わってたんですけど、旧姓を訊いたら瀬戸だったとわかって」

理解できない……それほど飛躍的に文明が進んだんだ。

「ちなみに、駿府公園は何年か前に『駿府城公園』と改名されました。あと、来月から元号は『令和』になります」

そういえば、青年とはじめて会ったとき『駿府公園で目が覚めた？』と確認された。元号が……令和？　平成もまだ聞きなれてないのに。

「なんか、いろいろすごいね……」

「それじゃ、この日記、読みましょうか？」

まだ混乱しているうちに、青年が能天気に言った。

瀬戸は言っていた。あのあと返事を書いていたと。

ここには、なにが書かれているのだろう。気になるけど……怖い。

ぼくはうつむいてしまう。

「気が乗らなければ、おれが声に出して読みましょうか?」

ひとりで読むよりも心強い気がする。

「……お願いしていいかな?」

「はい」

日記を開いた青年は、「あれ?」とつぶやいた。

「なに?」

「……いえ、野末さんが異動したあとの日記ですよね」

青年は瀬戸の書いた日記を読みはじめた。

一九八九年　四月二十一日　瀬戸五百里

野末先生。

先生が掛川の中学に赴任してから、一ヵ月が経ちました。

やっと気持ちの整理がついてきたので、日記を書きます。

最初に、今まで隠していたことを言います。

ほんとうは先生のこと、ずっと信用してなかったんです。

ごめんなさい。

先生もお父さんみたいに、わたしを理想の型にはめようとしているんじゃないかって思ってたから。

でも、あのときから変わりました。

先生は「学校なんて無理に来なくていい」って書いてくれた。

「ほんとうは先生がこんなこと言ったらいけないんだけど」って。

それに、先生にも学校を休んでいた時期があったことも教えてくれた。

先生は弱点がないと思ってたから、すごく意外でした。

教師は生徒と線を引く人ばかりだと思ってたから、大人の仮面を外してくれたことにも驚きました。

こんな先生がいたんだって。

ほんとうにわたしのことを真剣に考えてくれているんだってわかって嬉しかった。先生にも、わたしみたいに弱いところもあったとわかって、ほっとしました。

先生のアドバイス……お父さんとのこと。

先生の教えてくれた通り、今はお父さんをわかろうとしています。

お父さんは間違ってるけど、わたしが憎いわけじゃない。愛情表現の方法を知らないんだって。親も大人も完璧じゃない。なにが正解かわからなくて、手探りで生きてるんだって。

そんなことを、頭の片隅に置きながら過ごしています。

野末先生も完璧じゃないとわかったから、そう考えてみる気になったんです。

「先生もそんな考えかたをしたら、徐々に楽になった」って書いてくれたから、信じてみる気になったんです。

先生が「瀬戸なら、それができる」って書いてくれたから、そうしようと思ったんです。

今はまだ、お父さんのことは嫌いだけど、先生の言っていたように自分のためにそんな考えかたをしています。

野末先生を信じてるから。

先生が学校を去ると知ったときは、すごくショックで、しばらく泣き続けました。

だけど、日記を返さなかったのは裏切られたと思ったからじゃありません。

先生と離れるのが嫌だったから。

交換日記をできなくなるのが嫌だったから。
日記を返したら、先生とのつながりが完全に途切れてしまうから。
先生のことが……熱すぎる野末先生のことが、ほんとうに好きだったから。

四月から、また学校に通いはじめました。
まだお父さんのことは嫌いだし、仲のいい友達もできてないけど、もう大丈夫です。
目標ができたから。

わたしは、野末先生みたいな生徒に寄り添える教師になりたい。

そのために勉強を頑張ろうと決めました。大人なんて、と思ってたわたしを先生は変えてくれた。信じられる大人もいるんだって教えてくれました。
わたしも、そんな教師になりたいんです。将来は、わたしみたいに居場所のなかった生徒を助けてあげたいんです。

野末先生は、わたしの恩人です。
いつか勇気が出たときに、先生にこの日記を渡しに行きます。

クッキー、ありがとうございました。

男の人にチョコなんて渡したことがなかったから、もらってくれるかも心配だったんですけど、お返しまでもらえるなんて思ってませんでした。

このことは、今までの中学生活でいちばん嬉しかった出来事です。

野末先生……またね。

青年が日記を読み終えたとき、ぼくの顔は涙と鼻水でぐちゃぐちゃになっていた。

ぼくは震えた声を出した。

「瀬戸は、今……？」

青年は微笑していた頰をさらにゆるませた。

「教師になったそうです」

涙が溢れる。

今までの教師生活の記憶が脳裏に現れていく。

自分のことをダメな教師だと思ってきた。教師に向いてないと思ってきた。

迷ってばかりだったけど、頑張ればなにか意味があると思って、必死にやってきた。

ぼくは間違ってなかった。

ちゃんと正しいことができていたんだ。

こんなぼくでも、役に立てていたんだ。

少なくとも瀬戸の役に……いや、ぼくだから瀬戸の役に立てたんだ。

完璧じゃないからこそ、欠けているからこそ救えた。

教師をしてきてよかった。ほんとうによかった。はじめて、そう思うことができた。

ぼくは涙を拭(ぬぐ)った。

「よかった……けど、これからどうしよう。三十年も経ってるってことは、ぼくは五十八歳か……再就職も簡単じゃないな」

すると——青年がきょとんとした。

「野末さんは二十八歳ですけど」

「え？　でも、三十年経ったって……」

「それは事実ですけど、二十八歳なんです」

「……ふざけないでくれ」

三十年も経っていた事実だけでも頭が整理できていないのに、なんでまだ混乱させるようなことを言うんだ？

しかし青年は真顔で答える。

「ふざけていません」

興奮したぼくは、思わず青年の肩にふれようとする。

「それなら、いったいどういう――」

その瞬間、声をなくした。

青年の肩に、ふれられなかったのだ。

ぼくの手は、たしかに青年の体を通り抜けている。

ぼくの体が……透けている？

自分の手の平を見つめながら、ぼくはすべてを悟った。

「ぼくは――死んでるのか？」

青年は優しく微笑んだ。

「……はい」

そのとき――失っていたすべての記憶を取り戻すと同時に、自分になにが起きていたのか理解できた。

掛川の中学に赴任した一ヵ月後、瀬戸のことが気になっていたぼくは、ある週末、瀬戸に会うため静岡市へ戻った。そして瀬戸の家に歩いて向かっている途中、あの橋の上で激しい頭痛に襲われ、急病によって命を失ってしまったのだ。

けれど、瀬戸を助けられなかったことを後悔していたため、成仏できずにユーレイになった。

過去の記憶を失ったぼくは、あの橋の上で通行人に助けを求め続けたが、誰からも無視されていた。

今ならわかる——生きている人には、ぼくの姿が見えなかったのだ。

それから季節は、なんどもめぐった。

春、夏、秋、冬……橋のそばの桜の花は、咲いては散っていった。

そして三十年間、通行人に無視されながら、あの橋の上で後悔を思い出そうとしてきたのだ。

だから青年に話しかけられたとき、すごくあたたかい気持ちになった。

誰からも無視されてきたのに、彼だけがぼくと話してくれたから——。

「五百里さん、野末さんの命日には毎年欠かさずお墓まいりに行ってるそうです。さっきの文章のあとにも、野末さんへの思いがたくさんつづられてました」

さっき青年は日記を開いて、「あれ？」と言っていた。

ぼくが死んだあとも、瀬戸は日記を書いていたんだ。

「きみは……ぼくの後悔を晴らして、旅立たせようとしてくれてたのか？」

「あなたみたいな人は、認めたくない事実を否認する傾向があるんです。日付の感覚や記憶が曖昧になっていたり、死んでることを自覚してなかったりする。成仏してもらうためには、手助けが必要なんです」

だからぼくは記憶を失っていたんだ。つらい事実を認めたくなくて……けど、そもそも彼は、なんでぼくがユーレイだとわかったんだ？

「きみには、ぼくがどう見えてるの？」

「生きてる人と同じように」

「それなら、なんでぼくがユーレイだって……？」

青年は窓越しに、外で行儀よく座って待っているあの柴犬――ちゃんこを見た。

「野末さんが、ちゃんこにさわれたので。ちゃんこも死んでるんです。ユーレイ同士は姿が見えるし、さわり合うこともできる」

彼はちゃんこが交通事故に遭うことも、連れ去られることも心配しなかった。

それは、ちゃんこが死んでるから。

「きみは人間だけどユーレイが見える……あの橋で高校生たちにジロジロ見られてたのは、ひとりで話していると思われたからか……悪かったね」

「慣れてるので」

青年はまったく気にしていないように言った。

慣れている――そう、彼は記憶を失った人を……ユーレイを成仏させることに慣れていたんだ。

いったい、どれだけこんなことをしてきたのだろう。

「いつも、こんなことしてるの？」

「はい。いちおう大学生ですけど、大学にはあまり行ってません。そう考えると、おれも不登校ですね」

おどけて答える。

と――ぼくの体が光りはじめた。

やわらかいぬくもりを感じて、「迎えがきた」と直感する。

だけど、なぜか怖くない。

それどころか、これまでの人生で感じたことのないほどの安堵に包まれた。この先になにがあるかわからないけど、幸せななにかが待っていると、不思議と確信できたのだ。

ぼくは光に身をまかせる前に、青年に訊こうとする。

気になっていたことがあったのだ。

「きみは、なんで人助けをしてるの？」

「なんで？……趣味だからです」

満面の笑みを向けてくる。

「そうかもしれないけど……」

彼がこうなったのには、きっと理由がある。

いろんな問題を抱えている生徒たちを見てきたから、わかるのだ。ぼくをこれだけ懸命に助けようとしてくれたことも、ちゃんこの面倒を見ていることも、いつもこんなことをしていることも、ただ優しいという理由だけではできない。

車にひかれそうになっていた猫を助けるために、自分の命をいとも簡単に投げ出そうとしたあの行動も、明らかに普通じゃなかった。

そうしなければいけない理由があるのだ。

本人は気づいていないけど、そう強いられている。

力になってくれたから、少しでも恩返しをしたかったけど……残念ながら、ぼくにはもう時間がない。

「……きみにも、力になってくれる人が現れたらいいね」

青年が不思議そうな顔をする。

あとは、向こうから祈ることしかできない。

彼がいつか、解き放たれるようにと。

ぼくは最後に、笑顔で訊いた。

「きみの名前は？」

「百鬼開登（なきりかいと）です」

「ありがとう……開登くん」

いつか、きみにも幸せが訪れますように——。

第二話「負けず嫌いな海老原実果の後悔」

その日の夕方。

セミの鳴き声が鳴り響く住宅街を歩き、ちゃんこと一緒に自宅の前に着くと、一階の窓から灯りが見えた。

この古い二階建ての木造住宅には、今はおれしか住んでいない。

——もしかして。

蚊柱を避けて家の敷地に入り玄関の扉に手をかけると、やっぱり鍵が開いていた。家の鍵は、おれともうひとりの人物しか持っていない。

ガラガラっと扉を横に開けると、ちゃんこが一目散に居間に向かっていった。

居間に行くと、キャスケット帽をかぶった長髪のチャラそうな男性——おれの従兄弟、百鬼孝明が畳に座ってテレビを見ていた。

ちゃんこが尻尾を振りながらタカちゃんの周りをぐるぐる走る。

「タカちゃん、来てたんだ?」

「おう、ついさっきな。おでん食うか?」

ちゃんこには特に興味を示さない。いつも通りだ。

「うん」と答え、おれは畳に座った。

タカちゃんは駅前にあるおにぎり屋のおでんを食べていた。おにぎりは百円、いなり寿司は七十円、おでんは六十円という安さ。おれもこのおでんは好きだ。いつも手作りで作りたてのせいか、食べると優しさのようなものを感じるから。

「やっぱこれ食ったり久保ちゃん見ると、帰ってきた感じするな」

タカちゃんがしみじみ言う。テレビには静岡県民の老若男女に愛されているローカルタレント、久保ひとみが映っていた。

「開登、また背、伸びたんじゃねえか？」

タカちゃんが串に刺さった黒はんぺんを食べながら言った。

「そう？」

「身長いくつ？」

大根を食べながら答える。

「百七十六」

「もうすぐ超されるかもな」

タカちゃんの身長は百七十八センチだ。

「超さないって。おれもう二十歳だよ」

「……マジか？」

タカちゃんは眉間にシワを寄せた。

「うん。前に会ったのが、じいちゃん死んだときだから……二年前？」

「そんなに経つか。飛行機ばっか乗ってっから、時間の感覚がおかしいんだよ」

「それは関係ないでしょ」

「そっか？」

タカちゃんが笑う。

「しっかし、相変わらず汚ねえ部屋だな」

顔をしかめながらタカちゃんが居間を見渡す。

家にいるときは、この十五畳の居間にほとんどいる。常に脱ぎっぱなしの衣服が散乱しているし、布団も敷きっぱなしだ。いつもは誰も来ないから特に問題はない。

「散らかってたほうが落ち着くんだよ。しばらく日本にいるの？」

「一週間だ。そのあとはスペインに行ってリーガ・エスパニョーラの日本人選手を撮る。ついでにバスケとテニス選手も撮ってくる」

現在二十八歳のタカちゃんは、静岡市内の高校を卒業後、アメリカの大学に留学し写真家になった。

普段は海外のスポーツ選手の写真を撮っていて、おれとは数年に一度しか会わない。たまに帰国すると、こうして連絡もせずに急にやってくる。

ふたりとも一人っ子だし、おれが小さい頃はタカちゃんの家も近所にあったから、おれたちは兄弟のように育った。

とはいえ、おれたちは熱い兄弟愛のようなものは持ってない。昔からお互いのすることには口を出さず、つかず離れずの関係を続けてきた。

タカちゃんは、自由で、能天気で、適当で、行動的だ。

その点はおれと似てるけど、まったく異なる性格の部分もある。

「日本にいる間、ここに泊まる？」

「一泊したら行くよ。帰りの飛行機で隣に座ってたヨガ講師と仲良くなってさ。彼女の家に居候することになった」

そう――タカちゃんは無類の女好きなのだ。これほど女好きな人を、おれはほかに見たことがない。

「初対面だよね？　なにがどうなったらそうなんの？」

「どうって……失恋したばっかって言ってたから、『失恋を忘れるには新しい恋がいちばんだ』って話して」

「新しい恋？」

「失恋ってのは、人によっては死ぬほどつらいもんだからな。けど新しい恋をすれば、その苦しみから解放される」

「ふーん……あとはなに話したの？」

「あとは——なに話したっけ？　日本に着くまでに、いつの間にか付き合ってた」

なんかおかしいか？　みたいな顔をする。

十分おかしい。

自分がその「新しい恋」の相手になるまでが異常に速い。普通なら、いつの間にかそんな関係にはなれない。すごい才能だ。

なんでこんな人と従兄弟なんだろうと、いつも不思議に思う。

「お前は？　大学で彼女できたか？」

「いや……っていうか、あんま行ってないし」

タカちゃんが眉を寄せる。

「もしかして、まだユーレイばっか助けてんのか？」

「……まあ」

「かー、もの好きだねえ」

呆れたような高い声を出された。

同じ血が流れているせいか、タカちゃんにもユーレイが見える。

けどタカちゃんは、こどもの頃からユーレイに興味がなかった。一緒にユーレイを見かけておれが助けようとしても、「そうか。おれは帰る」と、いつもひとりで帰っていったことを今でも覚えている。

「こいつの飼い主は？」

タカちゃんがお座りしているちゃんこを見つめる。

「まだ見つかってない」

「ふーん。まあ、今はまだ住む家もあるし、じいちゃんの残した金もあるから、好きに生きたらいいんじゃねえか」

「ついやっちゃうんだよね。ほっとけなくて」

と、タカちゃんに顔をのぞき込まれた。

「開登さ、前から訊きたかったんだけど、なんでいつもそんなことしてんだ？」

デジャブ。そういえばちょっと前、教師の野末さんにも似たようなことを訊かれた。

普通に生きててもつまらないってこともあるけど、

「人助けは、いいことだから？」

自分の気持ちを探りながら口にした。

だが、タカちゃんは納得しないような顔をする。

「いいことだけどさ。なんで大学にも行かずにそんなことしてんだよ？　普通は自分の生活が第一だろ」

「そう言われると……なんでだろ？」

昔から人助け全般、特にユーレイを見つけるとどうしても助けたくなる。なぜか最優先になってしまうのだ。

「ユーレイが見えるやつは外国にもいるんだよ。でもお前みたいなやつはひとりもいなかった。みんな霊媒師や占い師になって金儲けしてる。それが普通だ。お前はどっかのネジが吹っ飛んでんだよ」

「人を変態みたいに言わないでよ」

「変態だろ。間違いなく変態だ。でもな……」

タカちゃんは、おれの両肩を摑んで見つめてきた。

「お前がどんなにヤバいやつでも、おれはずーっとお前の従兄弟だ。安心しろ」

なぐさめるように肩をポンポンと叩いて、またおでんを食べはじめる。

「まあ、誰もやりたがらねえことだし、お前の母さんも生きてたら褒めてくれてたろ」

おれは居間の隅にある母さんの遺影を見つめる。

「だといいけど」

少し複雑だったけど、心強くはあった。

タカちゃんのこのスタンスは昔から変わらない。おれのすることには口を出さないけど、いつも後ろから見守ってくれている気がする。

そのあと、タカちゃんから滞在していたイギリスでの話を聞いた。

イギリス人はシャイだから、被写体のスポーツ選手と仲良くなるために、ちょっとしたコツがいったらしい。帰ってくると、いつもこうして滞在先の話をしてくれる。おれは、この話を聞くのが好きだ。自分が世界中を旅しているような気分になれるから。

翌朝、起きたらタカちゃんはもういなかった。

歯を磨き（みが）ながら居間に行き、縁側（えんがわ）の窓を開けて座ると、テーブルになにかが置かれている。そこには手の平よりも小さい銅像があった。横には「またな」と書かれたメモ。帽子をかぶった人物がパイプをくわえている銅像だった。土台には「ＨＯＬＭＥＳ」という文字が彫られている。

シャーロック・ホームズ像だ。

ホームズが住んでいた場所はロンドンだっけ？

おれはホームズ像を居間の棚の上に置いた。

棚の上には、タカちゃんからもらった世界各国のお土産が並んでいる。

この家に来るときは、必ずお土産を買ってきてくれる。そして去るときは、いつもこうしてすっといなくなる。おれにも似ているところがあるからよくわかる。

タカちゃんは照れくさいのだ。

歯を磨き終えたおれは、今日もユーレイを探すためにちゃんこと散歩に出かける。

おれたちは毎日、何時間も歩いている。ユーレイを見つけるには、歩いて探す方法が最も効率がいい。

毎日のルートは特に決めていないけど、まずは静岡駅の北側に行くことが多い。新静岡セノバ、ロフトにパルコ、東急スクエアなどの大型商業施設や、いくつかの商店街もある。県庁や市役所や区役所、駿府城公園があるのも北側だ。

ユーレイは自分の思い入れのあった場所にいる。人のいる場所に行ったほうがユーレイと会える確率も上がるのだ。

駅から一キロほど南にある自宅から歩いて静岡駅を北に抜け、まずは区役所に到着した。

今日はここから西に行くことにする。

区役所前をスタート地点に南西に延びている青葉シンボルロードを歩く。繁華街の中心を五百メートル貫く街路樹通りだ。中央には幅の広い遊歩道があり両脇には街路樹が植えられ、たくさんのベンチが置かれている。遊歩道の両外には細い車道も通っている。

この街路樹通りの突き当たりにある終着点が、常磐公園だ。

昼夜の決まった時間に噴水ショーが行われ、夜にはライトアップされる。映画「イニシエーション・ラブ」で主人公たちの待ち合わせ場所にも使われた。

　そんな常磐公園まで歩くと、不自然な光景を目にした。

「あっ！　あんたは見えるでしょ？　ねえ、なんで無視すんのよ！」

　キャップをかぶった若い女の子が、常磐公園の前を歩く女子高生に無視されていた。

　女の子はそのあとも公園の前を歩く人たちに声をかけていたが、ことごとくスルーされている。まるで透明人間のように。

　女の子の歳は十代後半〜二十代前半。背が小さくTシャツにバスケのタンクトップを重ね着し、ダボダボのパンツを穿(は)いている。耳たぶが隠れるほど大きな円型ピアスをつけていた。

　もしかして――と思ったとたん、

「ワン！」

　ちゃんこが女の子に向かって駆けていく。そして女の子の周りをぐるぐる走った。

「柴犬？　ヤバい！　超可愛(かわ)いんだけど！」

　やっぱりだ。

　ちゃんこが見えるということは、彼女はユーレイ。

　おれは小走りで女の子のもとに向かう。女の子の様子をうかがいつつ「こんにちは」と声をかけると、面食らった顔をされた。

「お兄さんには、あたしが見えるの？」

「うん」

多くのユーレイは自分に都合が悪い事実は否認する。だけど彼女は、自分の姿が他人に見えていないことを自覚している。精神的にタフなタイプだ。

「なんでほかの人には見えてないんすか？」

女の子に訊かれる。

……どうするか。

いくらタフでも、この段階から自分の死を自覚させたら、混乱して成仏させることが遅れることもある。

「それは……」

どう説明しようか迷っていると、女の子が言った。

「もしかして――あたし、死んでるの？」

噴水の前に座って女の子と話をした。

しばらく前にこの公園で目覚めた彼女は、自分に関する記憶をすべて失っていたという。

なにかを後悔している気がしたけど思い出せなかったため道行く人に声をかけていたそ

めていたらしい。

うだ。しかし誰も相手にしてくれなかったから、自分がユーレイになったかもと思いはじ

ここまでわかっているのなら、ぜんぶ話したほうが楽だ。

おれは彼女に、彼女がもう死んでいること、おれがいつもユーレイを助けてること、ちゃんこの飼い主を探していること、後悔を晴らせば成仏できることを説明した。

「あたし、やっぱ死んでんのか……けど変だな。目の合った人もいたんですけど。さっきの子も……」

女の子が腕組みをする。

「霊感の強い人じゃないかな。なんとなく感じる人はたまにいるから」

「そういうことか……あ、お兄さんの名前は？」

「百鬼開登。よかったら、きみのお手伝いをしようか？」

女の子は嬉しそうに顔をゆるませた。

「はい……ありがとう！」

おれはあたたかい気持ちになる。

さて、とりあえずは──。

「まずは、きみの趣味なんだけど思い当たるものがあるんだ」

「なんすか？」

キャップにバスケのタンクトップ、ダボダボのパンツと大きなピアス。くだけた口調――すぐに見当がついた。

「きみ、ダンサーじゃないの?」

「ダンサー……そうだ!」

女の子は目を大きく見開いた。思い出したようだ。

「あたしは海老原実果、十八歳。女の子四人でダンスチームを組んでたんです。それと、あたしの後悔は――」

突然、暗い顔になる。

「どしたの?」

おれは訊く。

「いや、思い出したらテンション落ちて……」

テンション? なんだろう。

実果ちゃんは、「あー、もう!」と苛立って、続けた。

「とりあえず、あたしの死因から言いますね」

「うん」

「あたしの運転する車でチームのメンバーたちとドライブしてたんですけど、対向車線をはみ出してきたトラックにぶつかられて、あたしだけ死んじゃったみたいです」

おれはあることを思い出した。

「……そのメンバーたちって、駿府城公園で練習してる？」

実果ちゃんがきょとんとする。

「なんで知ってんすか？」

「一週間くらい前に見かけたんだ。三人の女の子たちがダンスの練習してた」

言うと、彼女は胸をなでおろした。

「みんなはそこまでの怪我じゃなかったのか……それ、メンバーです。いつもあそこで練習してるんですよ」

「……それで、きみの後悔は？」

「ひとつじゃないんすよね。いろいろ重なったっていうか」

唇（くちびる）を尖（とが）らせ、ふくれっ面をする。

「ぜんぶ聞かせてくれない？　時間がかかってもいいから」

少しすると、実果ちゃんは重い口を開いた。

「メンバーたちと出会ったのは……鑑別所だったんです」

「おお。いきなりヘビーだね」

「みんな家族から見放されてたしダンス経験もあったから意気投合して、出所してから一軒家で共同生活をはじめたんです。すぐにダンスチームもつくる話になって……けど、いきなりもめました」

　実果ちゃんが顔をゆがませる。

「もめた？」

「みんな振り付け役をしたがったんです。ずっと決まらなかったから、トーナメント方式のタイマンで決めることにして、あたしが優勝しました」

「……すごいね。体も小さいのに」

　実果ちゃんの身長は百五十センチそこそこだろう。可愛らしい顔をしてるし、喧嘩が強そうにも見えない。

「喧嘩は根性出せばいいだけだから。あたし根性しか取り柄がないんすよ。ダンスもチームでいちばん下手だし……」

　自信なげな表情で言う。

「……それで？」

「みんなで猛練習したら、地方大会で入賞できるようになりました。あの頃は楽しかったな……みんなで同じ家に住んで、バイトして、ダンスして。仲間はあたしのすべてでした」

　微笑みながら話す。ほんとうに幸せそうな顔をしていた。

「でも、しばらくするとまたもめるようになったんです。地方では入賞できても全国大会だと勝てなかったから、メンバーがあたしの振り付けに口を出すようになって。特に繭って子がうるさくて……」

「繭ちゃん？」

「はい。ほかのことであたしに意見することは一度もなかったけど、ダンスの才能はあったから、振り付けだけには口を出してきたんです。そのたびにあたしが怒って、ほかのふたりが止めて、最後には繭が謝って……そんなこと繰り返してました」

声に力がなくなっていく。

「ただ、あの日は違った。全国大会の一ヵ月前、繭が『実果ちゃんの振り付けじゃ勝てない』って言ってきて、自分の考えてきた振り付けを披露したんです。それがまた、めちゃくちゃ格好よくて。いつもみたいにあたしが怒ってほかのふたりが止めたんだけど、繭は謝らなかった。『チームのためにわたしたちの意見も聞いてほしい』って。それであたし、ブチギレて帰っちゃって……」

悔いるように言う。

「次の日、繭以外のふたりに『仲直りしよう』って言われて四人でドライブに出かけたんですけど、あたしと繭はひと言も話さなかった。そのときにトラックに衝突されて……あたしだけ死んじゃいました」

そこまで話すと、実果ちゃんはしゅんとして肩を落とした。

「つまり、実果ちゃんの後悔はみんなと仲直りしたいってこと？」

「……」

実果ちゃんは唇を尖らせる。素直に言いたくないようだ。

なんでこんなに意地を張ってるのだろう。

「自分と繭ちゃんの振り付け、どっちがいいと思ったの？」

「……繭」

「だったら、謝ったら？」

「……嫌ですよ！」

「なんで？」

「負けたことになるじゃないですか！」

「謝ることが負けなの？」

「当たり前ですよ！　負けを認めるわけにはいかないんです！」

「謝らないと成仏できないかもしれないよ？」

「嫌です！」

なるほど。かなりの負けず嫌いだ。ちょっとやっかいだな。

「きみの声、生きてる人には聞こえないんだけど」

「へ？」

「さっきも歩いてる人たちに無視されてたでしょ?」

「……そっか。うん? 謝っても聞こえないのに成仏できるんすか?」

「自分の気持ちには整理がつくんじゃないかな」

「……それでも嫌だ。謝るくらいなら死んだほうがマシ!」

もう死んでるんだけどな。

とにかく、どうしても謝りたくないようだ。

「今頃みんな、あたしがいなくて困ってますよ。たしかに繭は才能あるけど、まだ荒削りっつーか。どうせあたしがいないと勝てないっすよ。いい気味です!」

その悪態をスルーし、気になっていたことを訊く。

「実果ちゃんは、ここでなにしてたの?」

「ここでって?」

「ユーレイになった人は、死んでしまった場所や思い入れのある場所にいるんだ。そこから動けなくなることも多い。なんで事故現場でも、みんなと練習してた駿府城公園でもなく、ここにいたのかなって」

少しの間、実果ちゃんは口を閉ざした。

「それは……噴水を見てたんです。ここ、夜はライトアップされるでしょ? 綺麗だから、練習のあとに寄ってたんですよ」

これまでの情報を整理し、いちおう確認する。

「きみが繭ちゃんの振り付けを拒んでたのは、繭ちゃんに負けたくないから？」

「そうですよ！　自分のプライドが許さなかったんです！」

負けず嫌いなことはわかる。

けれど――。

「わかった。今日一日ゆっくり考えてみなよ。みんなに謝るのか、謝らないのか。また明日来るから、そのときに答えを聞かせてくれない？」

「……いいですけど、たぶん変わらないっすよ」

気難しい顔をする。

「うん」

おれとちゃんこは、常磐公園をあとにした。


夢を見ていた。

いつもの夢だ。

おれは暗闇の中を歩いている。

太くて重い鎖が体中に巻きついているから、なかなか前に進めない。

真っ暗だから、どこに進めばいいのかもわからない。
おれは、ついに立ち止まった。

ガバッと体を起こす。
周りを見ると、自宅の居間だった。
真っ暗だ。おれは布団の上。
いつもの夢か——。
内容は覚えてないけど、よく見ている夢だ。
この夢を見るときは、必ず夜中に目が覚める。
気分もよくないから、きっといい夢じゃないだろう。
おれはまた横になる。
……どんな夢だっけ？
思い出そうとしているうちに——また眠りについた。

翌日、常磐公園に実果ちゃんがいた。
「ちゃんこは？」

顔を合わせると同時に嬉しそうに訊いてきた。

「ちゃんこを拾ったマンションの前にいる。ひとりで歩きたい日もあるから」

「そうすか……」

寂しそうな顔。こういうところは素直なんだけど。

「で、決まった？」

「……謝りたくないっす」

急に不機嫌な顔になる。

言うと思った。

だが、別の誘いかたも用意している。

「実果ちゃんさ、ずっとここにいるよね？」

「はい。いつからかは曖昧ですけど同じ景色ばっか見てる気が……あ。ユーレイだから動けないってこと？」

「そうそう、退屈でしょ？」

「……そう言われると、まあ」

「おれみたいにユーレイが見える生きてる人間と一緒なら、ほかの場所にも行けるんだ。おれに取り憑いてる状態になるから。散歩がてら、みんなの様子を見に行ってみない？」

「えー」

実果ちゃんが顔をしかめる。

「昨日も言ってたじゃない。実果ちゃんがいなくなってみんな困ってるって。たしかめられるよ」

実果ちゃんは少し考えてから言った。

「まあ、たしかめたい気もするけど……。でも、見るだけですよ！」

「うん、見るだけ」

おれが歩きはじめると、実果ちゃんはしぶしぶあとをついてきた。

駿府城公園の中央広場に行くと、家康像の前にいる女の子たちが見えた。

ピンクヘアの子、ドレッドの子、そして三人の中ではいちばん大人しそうな黒髪ショートの子が、それぞれ少し距離をとって、個別にダンスの練習をしている。

おれたちは彼女たちから七、八メートルくらいの距離まで近づいた。

「あの子たちだよね？」

小声で実果ちゃんに訊く。

「……はい」

「繭ちゃんは、どの子？」

「ショートカットの子。ピンクヘアが明日香(あすか)で、ドレッドが美玲(みれい)……」

実果ちゃんが物憂げにメンバーたちを見つめる中、三人は無言で黙々と練習している。

「どうかした？」

「いや、一生懸命やってるなって。あたしがいた頃は喧嘩ばっかで、なかなか練習も進まなかったから」

「そう」

「……あたし、ダサいっすね。みんなもっと困ってると思ってた。もう関係ないから、別にどうでもいいけど」

投げやりに言って口の端を上げる。

「どうでもいいの？」

「女の友達なんてこんなもんすよ。どうせあいつら、いつもあたしの悪口とか言ってただろうし。あー、せいせいした！」

大きな声で言ったあと、両手を上げて伸びをする。

「開登さん、やっぱり謝る気にはなれないっす。ほかに成仏できる方法ありません？」

「……なんでそんなに謝りたくないの？」

「だからプライドですよ。みんなより上でいたかったんです」

たしかに実果ちゃんは負けず嫌いだ。だけど素直になれなかったのは、みんなに負けたくなかったからじゃない。

「それ、違うよね？」

「……はい？」

「みんなに謝れないのは、ほかの理由があるからだよね？」

「なに言ってんすか？　プライドですって」

バカバカしい、というふうに笑う。

だけど、彼女は嘘をついている。

「きみは常磐公園で目が覚めた。あそこでみんなに見つからないように、ひとりで振り付けを考えてたんじゃないの？」

実果ちゃんは目を丸くし、

「ち、違いますよ」

顔をそらした。

「きみは——みんなに見放されたくなかったんだよね？」

実果ちゃんが目を見開く。

「昨日、言ってたよね。家族に見放されたって。振り付け役がなくなったら、みんなにも見放されると思ったんじゃないの？」

「違いますって！」

ムキになっておれを見る。

「ほんとうの気持ちを伝えないほうが、負けだと思うよ」

実果ちゃんはゆっくりと視線を落とした。

「……開登さんて、人からイラつかれません？」

「たまに。イラついた？」

「はい。普段はヘラヘラして優しそうなのに、いきなり正論言うから。そのギャップがイラつきます」

「すいません」

笑顔で言うと、実果ちゃんは観念したように息をついた。

「今さら手遅れですよ。みんなには聞こえないんだし……」

やっと本心を言った。

「手遅れじゃないよ」

実果ちゃんがおれを見つめる。

「昨日も言ったけど、気持ちを整理できるから。みんなと踊るダンスがそれだけ好きだったんでしょ？　そんなに大切に思えるものがあるってことが、おれには羨ましいよ」

「……」

実果ちゃんはうつむきながら言った。

「どうしてこんな性格なんだろ。変わりたかったけど、変えられなかった」

そして顔を上げる。

怯えたような顔だったが、進もうとしていることはわかった。

「けど、言わなきゃいけないですよね」

そう言って、歩きはじめる。

そのまま進み、繭ちゃんの前に立った。

繭ちゃんは腰に手を当てて、ダンスのことを考えているようだった。

「……み、みんな！」

実果ちゃんが震える声で言った。

しかしメンバーたちは、表情を変えず練習に打ち込んでいる。

実果ちゃんはピンクヘアの明日香ちゃんに向かって「明日香！」とさけんだ。

明日香ちゃんは、上半身を動かしてダンスの練習をしていた。

「明日香は——いつも明るかった。チームのムードメーカーで、みんなを笑わせるためによく変顔して……あの顔をもう見れないなんて、さみしいよ……」

実果ちゃんはドレッドの美玲ちゃんに向かって「美玲！」とさけんだ。

美玲ちゃんはしゃがみこんで練習をしていた。

「美玲は——いつもカッコよかった。常にクールでなんでも器用にこなして。流行にも敏感でさ、チームのスタイリストだった。いつも心強かったよ……」

実果ちゃんは目の前の繭ちゃんに向かって、「繭……」と言った。

「繭は──いつも優しかった。いつも周りに気を配って、可愛くて女らしくて。みんなでゴールデン横丁の前を通ったら、いつも繭だけナンパされてたよね。でも、ずっと彼氏もつくらないでダンスが最優先だった。ダンスの才能もいちばんあって……あたし、ほんとはわかってたんだ。繭が振り付け役をしたほうがいいって……」

実果ちゃんがメンバー三人を見渡す。

「怖かったんだ。あたしはみんなよりダンスも下手だし、振り付け役じゃなくなったら、チームにいる意味がなくなると思ってた。みんなの仲間でいるためには、この役割を絶対に守らないとって。だから……」

三人は黙々と練習を続けている。

「振り付けのことで口を出されるたびに、『あたしの役割を奪うな！』って思ってた。いつもひとりで振り付け考えてたんだけど、あたしは繭みたいに才能ないし、どうしていいかわからなくて、怒ってごまかすことしかできなかったんだ……みんな、ほんとにごめん！」

実果ちゃんが頭を直角に下げる。そして、

「でも……でもね」

涙声で言って頭を上げる。

実果ちゃんの顔は涙でぬれていた。

「みんなが生きててよかった。みんなは、あたしのすべてだった。幸せな時間をくれて、ほんとうにありがとう。みんなのこと、大好きだったよ」

解放されたような素直な笑みを見せる。

相変わらず三人は、無言でダンスの練習を続けていた。

「開登さん、ありがとうございました」

実果ちゃんが、すっきりとした声をだす。

「ぜんぶ言った？」

「はい。もう悔いはないです。こうして、みんなの顔も見れたし――」

と、実果ちゃんがフリーズする。

実果ちゃんは繭ちゃんの顔に釘付け（くぎづ）けになっていた。

繭ちゃんはさっきまでと変わらず、腰に手を当ててなにかを考えているようだった。

しかし、さっきまでと違うところがひとつだけあった。

繭ちゃんの瞳がうるんでいたのだ。

そして、その目尻（めじり）から――涙がツーっと流れた。

「……繭？」

実果ちゃんがつぶやくと、繭ちゃんの顔がみるみる崩れていった。

涙をぼろぼろとこぼしはじめた繭ちゃんが――

「実果ちゃん……ごめんね」

そう実果ちゃんに言った。

「ええっ⁉」

実果ちゃんが口を開けて驚く。

すると――

「実果、ごめん」

ピンクヘアの明日香ちゃんが実果ちゃんたちに近づいてくる。

「あたしもごめん、実果」

ドレッドの美玲ちゃんも近づいてくる。

ふたりとも、顔をゆがませながら泣いていた。

「開登さん、あたしの声、聞こえてないはずじゃ……」

おれが微笑むと、実果ちゃんはそのことに感づいた。

「あ、い、い、あたしたち――み、い、い、い、んな死んでるの？」

「うん」

おれは静かに答えた。

「……なんで、そんな嘘！」

実果ちゃんがおれに怒る。

「嘘はついてないよ。きみの声は生きてる人には聞こえないって言っただけで」

実果ちゃんはなにかに気づいた。

「だから、ちゃんこも連れてこなかったの？」

「まあ。三人を見て喜んで走っていったら、死んでるってばれちゃうから」

おれは真実を説明する。

「あの事故で、みんな死んじゃったんだ。きみは自分だけ死んだと思い込んでた。みんなは生きてるって信じたかったんじゃないかな？」

実果ちゃんが呆然とする。まだ頭が整理できていないようだ。

藺ちゃんが口を開いた。

「わたしたちは、ここで目が覚めたの」

「……そうなんだ」

実果ちゃんがぎこちなく答えると、藺ちゃんが続けた。

「みんなね、はじめはわけがわからなくて。記憶も曖昧だし、公園にいる人たちはわたしたちが見えてないみたいだし、どうしていいかわからなくて困ってたら、ちゃんこが走ってきたの。そのあと開登さんが声をかけてくれて、ようやく自分たちが死んでるってわかったんだ」

ピンクヘアの明日香ちゃんが続ける。

「みんなさ、自分たちの後悔が、実果と仲直りしたかったことってわかったんだけど、実果だけいなかったから、開登さんに探してほしいって頼んでたんだよ」

ドレッドの美玲ちゃんが続ける。

「昨日、開登さんがまた来てくれて、『明日、実果ちゃんがここに来るだろうから見えてないふりをしてほしい』って頼まれてたってわけ」

昨日、実果ちゃんから話を聞いている最中、この作戦を思いついた。

メンバー三人が実果ちゃんに謝っても、ほんとうの意味での仲直りはできない。もつれていた糸を解きほぐすためには、実果ちゃんのほんとうの気持ちをメンバーたちに聞いてもらう必要があった。

だから実果ちゃんには、みんなも死んでいることを黙っていたのだ。

「ぜんぜん気付かなかった……」

実果ちゃんが放心しながらこぼす。

「実果ちゃん」

繭ちゃんが真剣な顔で実果ちゃんに声をかける。

「わたしたち、実果ちゃんの悪口なんて言ったことないよ？　いつもね、みんなで話してたんだよ。なんで実果ちゃんは、みんなの意見を聞いてくれないんだろうって……そんなふうに思ってたからなの？」

実果ちゃんがメンバーたちの顔を見る。

藺ちゃん、明日香ちゃん、美玲ちゃんはつらそうに実果ちゃんを見つめていた。

「……うん」

実果ちゃんがうつむく。

「なんで言ってくれたかったの！」

藺ちゃんが怒鳴る。

「……ごめん」

実果ちゃんが謝る。

「違うよ！　謝ってほしいわけじゃ……実果ちゃんがそんなに悩んでたって知らなかったから……自分に怒ってるの！」

「藺……」

「役割なんてどうでもいいよ！　わたしたち家族みたいなもんでしょ？　実果ちゃんは、そこにいてくれるだけでよかったよ！」

実果ちゃんが顔をゆがませて泣く。

「それに実果ちゃんは、わたしたちのリーダーじゃない」

「……リーダー？」

「実果ちゃんには、ほんとに感謝してるんだよ。女の子の友達がぜんぜんいなかったわたしと仲良くしてくれた。明日香ちゃんと美玲ちゃんと友達になれたのも、実果ちゃんが仲間に入れてくれたからだよ」

　明日香ちゃんが続ける。

「みんなで一緒に暮らそうって言ったのも、ダンスチームつくろうって言ったのも実果だったよな。実果がみんなを引っ張ってきたんだよ」

　美玲ちゃんが続ける。

「ここで目が覚めたときも実果がいないから、みんなオロオロして大変でさ。実果はうちらの大黒柱だからさ」

　繭ちゃんが続ける。

「実果ちゃんが、みんなの居場所をつくってくれたんだよ。わたしたちには、ずっと実果ちゃんが必要だったんだよ」

　実果ちゃんは三人の顔を見つめ、「うえぇ」と声をあげて泣く。

「実果ちゃんの気持ち、今まで気づけなくて、ほんとにごめんね」

　繭ちゃんが実果ちゃんを抱きしめる。

明日香ちゃんも美玲ちゃんも、泣きながら「ごめん」と言って、覆いかぶさるようにふたりを抱きしめた。

四人はそのまま、しばらく泣いていた。

よかった。

仲がいい人たちでも、こんなふうにすれ違うこともある。

一度もつれた糸は、本音をぶつけ合わないと解きほぐれないことが多い。

おれは四人が仲直りするきっかけをつくっただけだ。

しばらくすると涙を拭いた実果ちゃんが、おれに言った。

「開登さん、スマホで音楽かけてください。曲はなんでもいいから」

「……なんで？」

「最後にみんなで踊りたいんです」

実果ちゃんの顔は、晴れ晴れとしている。

ほかの三人も同じ顔をしていた。

四人の体はまだ光っていない。旅立つまでにはまだ時間があるかも。

「わかった」

と、ポケットに手を伸ばすが――ない。財布も持っていなかった。

家に忘れたみたいだ。

「ごめん。スマホも財布も家に忘れたみたい」

「しょうがないな。じゃあ、手拍子して」

四人が一斉に離れ、腕を上げて手拍子をはじめる。

こういうノリは苦手だ。

おれはこの年まで飲み会もクラブも一度も行ったことがない。だから、こういうときにどう輪に入ればいいのかわからないのだ。

けれど、みんなには気持ちよく旅立ってほしいから、おれは胸の前で小さく手を叩きはじめた。

四人が踊った。

仲間たちの顔を見ながら、ほんとうに楽しそうに。

表情、動き、心。

そのすべてが一体となっているダンスは、すごく綺麗だった。

第三話「さみしい相沢可子と佐良薫の後悔」

青葉シンボルロードはイルミネーションのあたたかい光で照らされていた。

数時間前まで雪が降っていたせいか、路面はところどころ凍結している。

通りの時計を見ると、午後七時を過ぎていた。

もう、そんな季節か——。

この街路樹通りは、冬になると十万個以上のイルミネーションで彩(いろど)られる。静岡市民の冬の風物詩だ。

テレビで六本木のイルミネーションを見ると信じられないほどの人数でぎゅうぎゅうになっているけど、ここはそこまでの人ごみじゃないためゆったりと歩ける。

そんな街路樹通りをちゃんこと一緒に歩いていると——ある光景に目を奪われた。

一本の街路樹の前に、やたらと美人な女の人が立っていたのだ。

軽くウェーブのかかった茶色くて長い髪。濃い目の化粧で目がぱっちりしていて、かなりまつげが長いことが、離れた場所から見てもわかった。

服装は、ブラウンのトレンチコートにジーンズ、ロングブーツ。足が細くて長い。

哀(かな)しげな顔でうつむく彼女の姿は立っているだけで絵になっていて、まるで女優のようだった。

と――彼女の目元が光る。

泣きはじめた。

ひとりでなにかを言いながら涙を流している。

なんだ……？

疑問に思いながら歩いていると、

「ワン！」

ちゃんこが嬉しそうに吠え、彼女のほうに走り出した。

やめてくれ――そう思った。

美人かつ、おしゃれ。おれが最も苦手なタイプだからだ。

だが、ちゃんこはそんなおれの思惑などおかまいなしに彼女の前で止まった。

「ワン！」

「きゃっ！」

尻尾を振りながら吠えるちゃんこに彼女が驚く。そしてやけにちゃんこを凝視する。

……飼い主？

にしては、ちゃんこのテンションはそこまで変わっていない。とにかく、彼女はちゃんこが見えているし声も聞こえている。

ということは……おれは肩を落とし、ため息をついた。

しかたない。

おれは小走りで彼女のもとに向かう。

そして、彼女の近くまでたどり着いたところで、

「すいません――」

と声をかけた瞬間――凍結していた地面に足を滑らせた。

後ろに倒れそうになったため踏ん張ると、今度は体が逆に前に倒れた。

彼女にぶつかる――。

と思ったら、おれの体が彼女を通り抜ける。

豪快にコケたおれは頭を地面に強打した。

「いって……」

ちゃんこが尻尾を振りながらおれの周りを走る。

お前と遊んでいるわけじゃないんだけど――と思いながら自分のおでこをさわる。手の平を見ると、幸い流血はしていなかった。

あっ、そんなことよりも――。

我に返って見上げると、彼女は大きな目をもっと開いていた。

とんだハプニングだったけど、これで確認する手間ははぶけた。

彼女はユーレイだ。

「驚かせてすいません」

苦笑いしながら立ち上がる。

「えっ……なに？」

彼女は動揺した態度で眉間にしわを寄せる。

まずいな。彼女の体をおれがすり抜けたことで混乱させてしまったか？

「あの……なんか困ってます？」

精一杯の笑みを向けるが、彼女は怪訝（けげん）そうに眉を寄せ、なにも答えない。

しかし、間近で見るとすごい美人だ。今までに見たことがないほど。

歳はおれより少し上くらいか？　ただ、やっぱり化粧は濃いし気の強そうな顔をしている。ちょっと生意気なことを言ったらケリを入れられそうだ。

「あの……」

微笑みながら一歩進むと後ずさりされた。軽蔑（けいべつ）するような、怒ったような顔。

もしかして……体がすり抜けたことに気づかずに、ナンパされているとでも思っているのか？

にしても、そこまでキモがらなくても。ただでさえ苦手なタイプなのに、こんなに警戒されていたら話すらできないことも考えられる。

それでも、どうにかしないと。

とりあえず、彼女は自分の死を自覚していないと仮定しよう。ナンパだと思っておれを気持ち悪がっている。

だとしたら——。

「ナンパとかじゃないんです。宗教とかでもなくて……さっき泣いてましたよね？」

「あ……」

彼女が眉間からしわをなくす。見られていたとは思ってなかったようだ。

「つらいことがあったなら話くらいは聞けるかなって……つまり——なにか後悔してませんか？」

「……後悔？」

おれの話に興味を持った。

この訊きかたをして正解だった。やっぱり後悔は抱えているのだ。それがなにか、はっきりわかっていなくても。

「おれ、あなたみたいな人を手伝ってるんです。後悔を思い出してもらったり、後悔を一緒に晴らしたり」

彼女が考え込むような仕草をする。

その足元にあったものが目に入った。

花束だ。

そういえば、彼女はさっき下を見ながら泣いていた。

この花束を見ていた……ここで亡くなったのか？

花束が置いてあるということは、ここが彼女の死亡現場なのだろう。

「……後悔を晴らしたら、どうなるんですか？」

はじめてまともに話してくれた。

「成仏……じゃなくて、幸せになれます」

まだこう言っておいたほうがいい。今の段階で死を自覚したら、混乱して成仏させることが遅れる。

「成仏……するんですね？」

「……え？」

「後悔を晴らしたら、成仏するんですね？」

「……自分が死んでるって、わかってるんですか？」

彼女はうなずいた。

死を自覚してたのか。それなら話が早い。

「よかったら、あなたのお手伝いをしましょうか？」

微笑みながら言うと、まっすぐに見つめられた。

そして、

「……はい」

と小さく答える。

心もとない声だったけど、不思議と強い意志がこもっているような気がした。

おれたちは街路樹通りのベンチに座った。

「えっと、百鬼開登です。こいつは、ちゃんこ」

ベンチの前で伏せているちゃんこを見ながら自己紹介する。

「ちゃんこも死んでて、ユーレイになった人に吠えるんです。おれは、あなたみたいな人が見えて、後悔を晴らすお手伝いをしてます」

「……相沢可子(あいざわかこ)です」

おれと目を合わさずに言う。

戸惑いながらも、特に驚いているようには見えない。だいたいのことは察しがついていたのだろう。

「歳は？」

「……二十歳です」

同い歳(おなどし)か。もっと年上だと思った。

「おれも二十歳で大学生。きみは、学生？　社会人？」

「静大の二年……」

そう言って、ぎこちなく微笑む。

県内で唯一の国立総合大学、静岡大学。

ここの学生は「地元好きの頭がいい子」というイメージがある。ちなみにおれの通っている大学は、静大とは比べ物にならないほど偏差値が低い。

「同い年だからタメ口で話さない？」

「……慣れたらそうします」

笑顔を取りつくろい、たどたどしい口調で言う。笑うと頰にえくぼができる。

まだおれのことを警戒しているようだ。いきなりユーレイが見える変な男に話しかけられたんだから無理もないけど。

彼女から話を聞いた。

家はこの近くで生まれも育ちも静岡市。静大の教育学部に通っている。やっぱりちゃんとこのことは知らなかった。リードをつけてない犬はめずらしいから、さっきは見つめていたんだろう。

自分の死をわかっていて、なにかを後悔している気もするけど、ここから動けないし通行人に声をかけても無視されていた——そんなところだろう。

おれは本題に入る。

「それで、なんで泣いてたの？」

「……」

うつむき、黙ってしまう。

得体の知れない男に、そんなこと言いたくないか……。

「無理に言わなくていいよ」

「……はい」

安心したように口元をほころばせる。

気にはなるけど、さっきの涙が後悔に関係しているとは限らない。

自分が死んでしまったことを悲しんでいただけかもしれないし、通行人たちに無視されていたことがつらかったのかもしれない。無理に訊いて距離を取られるほうが困る。

別の質問にしてみるか。

「それじゃ……誰かになにかをしたかったとかは？　家族や友達や彼氏に」

「……家族は思いつきません。友達や彼氏はいなかったから、よくわかりません」

今度はすんなり答えてくれた。

ただ……友達や彼氏がいない？　毎日のように飲み会やクラブに行ってそうなのに。

というか、第一印象と中身にかなりギャップがある。見た目は気が強そうでリア充っぽいけれど、受け答えを見ていると真面目そうだ。

「自分自身のことは？　なにかを体験したかったとか、見たかったとか」

「……わかりません。たくさんありすぎて」

困ったように笑う。

「たくさん……あるの？」

「はい」

だったら……親が厳しかったから、不自由に生きてきたとか？

「親が厳しかった？」

「いえ。両親とも、昔から自由にさせてくれました」

「体が弱くてずっと入院してた？」

「いえ。健康です」

特別な理由がないけど後悔がたくさん。やっぱり意外と内気な子だったのか？

これくらいの歳で大人しい子の後悔は、「青春のやり直し」みたいなことが多いんだけど……そっちの線で探ってみるか。

「高校の頃は、どんなふうに過ごしてたの？」

すると、彼女はさみしげに笑った。

「ずっと、ひとりでした」

「ひとり？」

「はい。休み時間はひとりで小説を読んでました。だから、担任の先生が気にかけてくれて、よく話しかけてくれました」

「先生とは仲がよかったんだ？」

「はい。歳も若かったから話しやすくて」

前に成仏してもらった教師の野末さんも、教え子の五百里さんはいつもひとりで小説を読んでいたと言っていた。友達がいない生徒は休み時間に小説を読んで、先生と仲が良くなるというのは、わりと定番なのかも。

それにしても、意外だな。この容姿なら黙ってても人が寄ってきそうだけど。高嶺の花みたいに扱われてたのかな。けどまあ、とにかく、

「もっとみんなと話したかった？」

「はい。けど、自分から話しかける勇気がありませんでした」

なにか事情がありそうだ。なんらかの理由があって彼女は高校で孤立していた。ただ、本人も内向的だったから変われなかった。その結果、孤独な学生時代を過ごした。

「高校時代にしてみたかったことは？」

彼女は少しだけ間を空けて、思いついたように言った。

「……屋上。屋上で友達と話してみたかったです。クラスの子たちが休み時間によく行っ

てたみたいで、羨ましかったから」

いかにも青春っぽい。素直な子に見えるから、強がって後悔を隠していることもなさそうだ。ここから動いてみるか。

「よし——きみの通ってた高校に行こう」

彼女に道を聞きながら歩いて向かった。

街路樹通りから北に向かい、駿府城公園も北に通り抜けて住宅街に入ると、その高校の前に着いた。

「ここが、きみの行ってた高校？」

「はい」

県内有数の進学校。高校時代から成績優秀だったようだ。

校舎にはまだ先生が残っているようで、グラウンドはライトで照らされ、職員室にも電気がついていた。校門もまだ開いている。

おれはその校門から高校の敷地に足を踏み入れた。ちゃんこもついてくる。

「今から屋上でおれと話そう」

「……今から？」

彼女が校門の外に立ったまま言う。

「青春のやり直し。うまくいけば後悔が晴れるかも」

「でも……」

彼女が戸惑いの表情を見せる。

……あ、そうか。

「初対面の男と夜の学校に入るなんて、危ないと思ってる？」

「いえ、あなたは信用できる人だと思います。そういうことじゃなくて……勝手に入るんですか？」

灯りのついた職員室を見ながら言う。

勝手に入ることに抵抗があるようだ。まあ、見つかるとしてもおれだけだけど……

「誰かに見つかったら謝ればいいでしょ？」

「……」

動かない。

あくまで予想だけど——ここまでの彼女を見ているとかなり真面目そうだ。そのせいで生きづらかったように見えないこともない。

「さっき、勇気がなかったって言ってたよね？」

「……はい」

「こう考えてみたら？　門の外が今までのきみで、中がこれからのきみ。この境界線を越えたら、変われるかも。たまにはルールを破ってもいいんじゃない？」

彼女はうつむき、考え込んだ。

やがて——意を決したように顔を上げ、ゆっくりと敷地に足を踏み入れた。

効果があったようだ。

おれたちは職員室の窓の前を屈みながら通り、校舎に入った。

そして、忍び足で屋上を目指す。

校舎の中はグラウンドからのライトのおかげで、なんとかあたりが見える程度の明るさはあった。

ちゃんこと一緒に三階への階段を上がっているとき、ふと気づく。

彼女が横にいない。

振り返ると、ひとり二階の廊下で立ち止まってキョロキョロしていた。

「どうかした？」

「あっ……いえ」

曖昧に微笑むが、相変わらず歩みを進めない。

……なんだろう？

おれとちゃんこが階段を降りて彼女に近づくと、廊下の先から「カサッ」という物音が聞こえてきた。

「きゃあ！」

彼女が屈み込む。

廊下の先を見ると、大きな紙が落ちていた。

その紙にはたくさんの写真が貼られている。学校行事の写真がまとめられたものだろう。紙の四隅（よすみ）にはテープがついていた。

テープの粘着力不足でたった今、廊下に落ちたんだ。その音が聞こえたんだろう。

彼女を見ると、まだ屈んで目を閉じていた。

「紙が落ちたみたい」

おれが言うと、彼女が目を開ける。

「紙……？」

異常に怖がっている。もしかして……

「お化けが怖いの？」

「……は、はい」

恥ずかしそうに言う。

ユーレイなのにお化けが苦手なんて……つい口元がゆるんだ。

「大丈夫だよ。おれ、お化けと話せるから。襲われたら全力で謝って許してもらう」

「……はい」

彼女は安堵したように軽く笑った。

おれたちは階段を上がる。

お化けが怖いなら、なにか話して雰囲気を明るくしたほうがいいか……。と言っても、なにを話そう。さっき出会ったばかりだから、くだけた話もしにくい。

そうだ。

彼女との共通点を見つけた。このことを話せば、仲間意識が芽生えて明るい気分になるかも。

「高校時代さ……おれも友達がいなかったんだ」

軽く言うと、彼女が目を見張った。

「……そうなんですか？」

ぱっと見、おれには友達がいそうに見えるのか。おれは笑顔で続けた。

「高一のとき下駄箱の前でユーレイと話してたら、クラスの女子に『キモいんだよ！』って蹴られてさ。それをきっかけに、クラスのみんなから透明人間みたいに扱われた」

その女子は美人でおしゃれだった。だからそれ以来、似たタイプの女の子が苦手になったのだ。

ただ、その子は目の前の彼女ほど美人じゃなかったし、もっと化粧も濃かったけど。

「つらくなかったですか？」

眉を下げて言う。言ってる彼女のほうがつらそうだ。

「特に。友達とかに興味もなかったから」

「興味がない？」

「昔から人助け以外には興味がないんだよね」

「そうですか……」

不思議そうな顔。

こんな顔をされるのには慣れてる。他人から変わっていると思われるのが、おれという人間だ。こんな自分は変えられない。


屋上についた。

外周にはフェンスがついてない。後ろから誰かに押されたら簡単に落ちてしまうだろう。今時、こんな安全対策もされていない屋上もあるのか。

屋上はところどころ凍りかかっていたから、乾いていた端のあたりにふたりで腰を下ろす。ちゃんこもおれの隣に伏せた。

五階建ての屋上からは、無数の星が見えた。

「ここで友達と話したかったんだ？」

星空を眺めながら訊く。

「はい」

嬉しそうな顔。

素直な印象。見た目もいい。なんで彼女みたいな子がひとりだったのだろう。

「なんで、友達がいなかったの？」

「……わたしの性格のせいです」

「性格が悪かったってこと？」

「周りからは、そう見えてたと思います」

さみしそうに微笑する。

そんなふうにはぜんぜん見えない。

昔は性格が悪かった？　それとも、そう思い込んでしまった事情がある？

けど、どっちにしても友達がほしかったのなら、

「キャラをつくったり、周りに合わせようとはしなかったんだ？」

「はい」

即答。そして——彼女は言った。

「自分を諦めたくなかったんです」

その声には、少しの迷いも混ざってなかった。

めずらしいな——今まで出会ったほとんどのユーレイは、後悔を抱えているから自分を

変えたがってたのに。

そして不思議とその言葉は、おれの胸の奥に入ってきた。なぜだかわからないけど、無視してはいけないように思えた。

「そんなことを言っても、自分から話しかける勇気もなかったんですけど」

決まりが悪そうに笑う。

「……そう」

そのあとおれは、自分のぼっちエピソードを彼女に明るく話した。

「体育でふたり組のペアを組む相手はいつも先生だった」とか、「休み時間は話し相手がいないから寝てた」とか、「修学旅行はもちろん休んだ」とか。

最初は彼女もどんなリアクションをしていいかわからないようだったけど、そのうち笑ってくれるようになった。

しばらくすると、グラウンドのライトがぱっと消えた。

先生たちが帰宅するようだ。一気に暗くなったけど、なんとか彼女の姿は確認できる。

彼女の体は、まだ光っていない。

まあ、しかたない。今はまだ彼女に関する情報が少ない。ユーレイ助けで日をまたぐのは久しぶりだけど、ゆっくり探っていくか。

「続きは、明日にしよっか?」

おれは立ち上がった。それを見たちゃんこも腰を上げる。

彼女も「はい」と立ち上がり、みんなで入り口に向かう。

そのとき——彼女がバランスを崩した。

「きゃっ！」

暗くて足場がよく見えないから、凍結していた部分で足を滑らせたんだ。

屋上にはフェンスがない。彼女が外側に倒れたら落ちる——。

おれは走る。

彼女の手を握ろうとするが、握れない。

そうだ。彼女はユーレイだった。

バランスを崩したおれは彼女の体をすり抜けて——屋上から落ちた。

と思ったら、すぐに着地した。

一メートルほど下に足場があったのだ。ここはフェンスで囲まれている。上からは見えなかったけど、屋上全体がこんな足場に囲まれていたのか。

「大丈夫ですか？」

彼女が屋上から引きつった顔でおれを見下ろす。

「うん」

笑顔で答え、すぐに屋上に上がった。

と、彼女に詰め寄られる。

「なんでこんな危ないことするんですか！　ユーレイなんだから助ける必要ないでしょ⁉」

なぜだか、すごく怒っている。

「あ……つい、自然に動いちゃって」

「死んでたかもしれないんですよ⁉」

「けど、大丈夫だったし。そんな簡単に死なないよ。それに、おれが死んだって悲しむ人はいないだろうし」

おれは笑顔で言う。

でも彼女は、怒ったまま続けた。

「人は簡単に死にます！　病気になるかもしれないし、事故に遭うかもしれないし……自分のこと、もっと大切にしてください！」

そう言うと、彼女はひとりで歩いていってしまった。

慌てて彼女を追おうとする――が、急に頭痛がして立ち止まった。頭を押さえる。さっき街路樹通りで転んだときに打ったからか？

一瞬戸惑ったけど、すぐに痛みが消えたため彼女を追った。

学校を出た彼女は、街路樹通りに向かった。

声をかけづらかったから、おれはちゃんこと彼女の少し後ろを歩いていく。

どうして彼女は、あんなに怒ったのだろう――。

たしかに危ないことはしたけど、あれは普通の怒りかたじゃなかった。

自分が簡単に死んでしまったから？

やり残していることがあるから、おれにもそんな思いをしてほしくなくて――。

彼女の後悔は青春のやり直しじゃない？　死亡現場でも泣いていたし、もっと切実な後悔を抱えているような……。

考えていると、いつの間にか街路樹通りを歩いていて、彼女を見失っていた。

彼女を見つけた場所に向かうと、ふたりの若い女性が前から歩いてきた。

すれ違いざま、女性たちの声が耳に入る。

「知ってる？　さっき花束あったとこ、ユーレイ出るんだって」

「カップルのユーレイでしょ？　ふたりとも死んじゃったってやつ」

おれは立ち止まる。

「ふたりなの？」

「けっこう有名だよ。車にはねられたんだって」

「こえー」

可子ちゃんのことだ。

ユーレイの見える人が彼女のことを誰かに言った。それが人づてに伝わって噂が広まったんだろう。たいていは、そんなふうにして心霊スポットはできあがる。

死因は交通事故。

だけど……カップル？　ひとりで死んだわけじゃなかったんだ。

彼女だけが後悔を持っていたために、ひとりでユーレイになって現世に残ったのか。

ただ、彼女は彼氏がいないと言っていた。

だとしたら、誰と一緒に歩いてたんだ？


事故現場に着くと、可子ちゃんがまた花束を見下ろしていた。

「……」

物憂げな表情で見つめている。さっき彼女はここでなにかを言いながら泣いていた。

あれは、その人を想って……？

おれの気配に気づいた彼女が振り向いた。

「あ……さっきは、ごめんなさい」

彼女が怒ったように眉を寄せる。まだ怒ってるのか？

「いや、おれのほうこそ……」

彼女の眉間からしわが消えた。

「質問があります」

「なに？」

おれは口角を上げる。

「このまま後悔を晴らさなかったら、どうなるんですか？」

「今のまま。ただ、それはいいことだとは思えない」

彼女は思いつめたような顔で花束を見下ろした。

「……ほかに、後悔してそうなことは？」

「たくさんありすぎて見当がつかないです。後悔って普通はどんなことですか？　あなたにも、そういうことはありますか？」

こういう質問は、今までもユーレイになった人にされたことはある。

けれど……。

「おれは、ないんだよね」

「ない？」

「後悔がないことが後悔。いつ死んでもいいと思ってるから」

彼女は驚いた顔をしたあと、言った。

「……そんなの、さみしすぎます」

「そうかな?」

なにがさみしいのか、おれにはよく理解できなかった。

「どうして、いつ死んでもいいんですか?」

「どうしてだろ。わかんないや」

笑みをこぼすと、彼女は口を閉じた。

おれの話はどうでもいいけど、まったく役に立たないことを言ってしまった。参考になりそうなことを言わないと――。

と、一組のカップルが手をつなぎながら街路樹通りを歩いてくる。

その光景を彼女が見つめる。そして、

「……見当、ついたかも」

ぼそっと言う。

彼女は眉間にしわをつくり、怒ったような顔をした。

なんだ? またなにかに怒ってるのか?

彼女がおれを見つめる。

「わたしの――彼氏になってくれませんか?」

「おう、遅かったな」

居間に入ったら、タカちゃんがおでんを食べながらテレビを見ていた。ちゃんこが尻尾を振りながら、タカちゃんの周りを走る。

「来てたの?」

「ああ。仕事で一時帰国だ。おでん食うか?」

スペインはもう終わったのか。やけに早かったな。

「いや、いいや。なんか食欲なくて……」

「つーか、今回はまた一段と部屋が汚ねえな。テレビ台と棚のホコリ見てみろよ」

タカちゃんが顔をしかめる。

テレビ台と棚の上には結構な量のホコリが積もっていた。たしかにすごい。でも今日は疲れたから、掃除はまた今度にする。

「どうせ誰も来ないから。なんの仕事?」

おれは畳に座る。

「写真集を出すことになった」

「誰の?」

「おれの。この近くにサウナあるだろ。あの隣に出版社ができたんだけど、高校の同級生が働いてんだよ。そいつから出してみないかって」

「すごいじゃん」

「今日から泊まり込みで写真を選ぶ。そのあとは東南アジアだ。あっちの女とは付き合ったことがないから楽しみでしかたない」

ハンターのような鋭い目をして口の端を上げる。女好きは相変わらずだ。

「こんな時間までなにしてたんだよ。女か？　……って、そんなわけねえか。お前に限って」

「実はそうなんだ。告白されてさ」

「うお、マジか⁉」

タカちゃんがのけ反る。

「ただ……その子さ、死んでるんだ」

「はぁ？」

おれはタカちゃんに今日の出来事を話した。

聞き終わったタカちゃんは嬉しそうに言った。

「よかったじゃねえか。とにかく彼女ができたんだから」

おれは小さくため息をつく。

「そういうのじゃないよ。一度も彼氏ができたことがないから、男の人とちゃんと付き合いたいかもって」

カップルで交通事故にあったとしたら、彼女が嘘をついている可能性もあるけれど。

「でもOKしたんだろ?」

「まあ、今はそうするしかないから。けどユーレイだし。彼女、おれを好きなわけじゃないし」

「可愛いんだろ? だったらいいじゃねえか、人間もユーレイも大差はねえよ」

本気で羨ましそうだ。タカちゃんにとっては、ユーレイだろうが相手にどう思われていようが、たいした問題じゃないのだ。可愛ければいいのだろう。

「けどさ……気になるんだよね」

思い出しながら言う。

「なにが?」

「あんな美人なのに、なんで彼氏も友達もいなかったのかな?」

「おおかた高校時代に男関係でもめたんだろ。女友達が片思いしてた男に惚(ほ)れられたとか。美人ってだけで妬(ねた)まれるからな」

「……そんなパターンもあるか」

さすがに女慣れしている。

「で、次はいつ会うんだ?」

「明日の正午なんだけど、なにしようか迷ってるんだよね。普通のカップルっぽいことはできないから」

彼女はユーレイだ。普通のカップルっぽいことをしようとすると、いろんな問題にぶつかる。

「そうだな。ユーレイだから食事も買い物もできねえか」

「遊園地や動物園とかも、お金を払えないから疎外感を感じそうなんだよね。自分がユーレイだって意識しなくていい場所に行きたいんだ」

「つまり、女と付き合ったこともないのに、限られた場所で楽しませないといけないのか……まあ、女の勉強をするにはいい機会だろ」

素知らぬ顔で言う。

こういう類のことは昔から苦手だ。恋愛なんてこどもの頃からまったく興味がないし、なんでみんな恋人をつくるのかもわからない。

おれが誰かに面と向かって「好き」なんて言っている場面が想像つかない。

ただ、おれに彼女ができたことがないのは、それ以前に周りの女の子からキモがられていたからなんだけど。

タカちゃんが出版社に向かったあと、彼女とデートする場所を考えることにした。

なかなか決まらなかったため、居間を歩きながら頭を働かせる。

悩んでいると、立ちくらみがした。

……めずらしいな。

軽いめまいの経験はあるけど、それでも数年ぶりだ。

畳に寝転がる。

が、おさまらない。今日の出来事で気疲れしたんだろう。食欲もないし。ここまで成仏させることが難しそうなユーレイは、そういない。

まずは付き合うという形をとりながら後悔を探っていくのがいいだろうけど……彼女の後悔は、いったいなんなのだろう――。


街路樹通りのベンチに座っている彼女を遠目から見つめる。

通りの時計に目をやると十二時半。三十分の遅刻だ。

はじめてのデートなのにやってしまった。

「怒ってると思うか?」

横にいるちゃんこに訊く。

ちゃんこはハッ、ハッと舌を出しながらおれを見上げていた。

意を決して、彼女のもとまで走っていった。

そして口を開く。

「遅れてごめん」

すると、彼女が立ち上がった。

「なんで遅れたんですか⁉」

大きな声。グーにしている両手がプルプルと震えている。

「寝坊して……ほんとごめん」

戸惑いながら言うと、彼女ははっとしてうつむいた。

「もっと……ちゃんとしてください」

「はい……すいません」

「いえ……わたしもすいません」

予想以上に怒られてしまった。

今まで誰とも話せなかったから、またひとりになったと思ったのだろう。

いきなりつまずいた。なんとか頑張らないと。

おれは気を取り直し、明るい声を出した。

「今日なんだけど、登呂(とろ)公園に行かない？」

園内には登呂遺跡があり、弥生(やよい)時代の集落も復元されている公園だ。

広々とした公園には当時の住居や水田が復元されていて、静岡市民の小中学生なら遠足や社会の授業で一度は訪れるスポット。おれも小さい頃に火おこし体験をしたことがある。

ユーレイでも楽しめるスポットを考えたら、ここがいいと思った。歩いていくにはそこそこ距離があるためにOKしてくれるか心配だったのだけど、彼女はすんなり了承してくれた。

登呂公園に入ったとたん——

「久しぶり……」

彼女は懐かしそうにあたりを見渡した。

おれもこの公園は久しぶりだ。

ここではユーレイを一度も見つけたことがなかったから、最近は足を運んでなかった。

「おれも。高校生以来かな。きみは？」

「わたしも高校二年以来です」

彼女には友達がいなかったはず。

「ひとりで？」

「来たのはひとりだったけど、担任の先生がいました」

「きみを気にかけてたっていう……偶然？」

「いえ。休みの日によく行くって言ってたから……ほんとにいました」

「会いたかったんだ……先生とはほんとに仲がよかったんだね」

「はい。そのときも『悩みがあったらいつでも言えよ』って言ってくれて。あの頃は先生の存在が心の拠り所だったんです」

頬をゆるめる。

教え子が卒業してからもこんなふうに話してもらえる良い先生はたしかにいる。今までのユーレイ助けでもこんな話をたまに聞いたことがあったし、野末さんも良い先生だった。

「卒業してからも、高校に会いに行ったりしてるの？」

「……いえ」

彼女は顔を曇らせた。

そして、急に表情を明るくさせ、

「行きましょう」

公園を進む。

なんだろう……？

その態度が気になりつつも、ついていく。

「あの……登呂人って、グルメだったらしいですよ」

彼女が眉を寄せ、怒ったような顔で言った。

……なんだ？　会話と表情が合っていない。

「へ……へえ。なに食べてたの？」

戸惑いながら返すと、彼女は嬉しそうに顔をぱっと明るくさせた。

「お米や木の実、シカやイノシシ。海も近かったから魚や貝も」

テンションが高くなった。

頭がよさそうだから、こんな歴史的な場所が好きかもしれない。ここを選んだのは正解だったようだ。

そのあとも彼女は歩きながら登呂遺跡の雑学を教えてくれた。

けど、その間おれは別のことを考えていた。

彼女の後悔についてだ。

街路樹通りですれ違った人たちの言っていたことが気になっていたのだ。

彼女は誰かと一緒に車にはねられて死んでしまった。けれど、彼氏も友達もいないと言っていた。素直に教えてくれるかわからないけど、まずはその相手が誰なのか本人に訊いてみるか。

そう思って隣を見ると――彼女が消えていた。

……あれ？

周りをキョロキョロしたあと振り返ると、少し後ろで立ち止まっていた。

眉を八の字に下げ、つらそうな顔をしている。

「どしたの？」

「……わたしといても、つまらないですか？」

「いや、なんで？」

「さっきから、つまらなそうだから」

つまらなそう？

考えごとをしていたから、そう見られてしまったのか。

……そうだ、おれと彼女は付き合っているんだった。

彼女は自分の後悔を晴らすという目的はあるけど、いちおう恋人同士だから、この時間を楽しいものにしようと登呂遺跡のことを教えてくれていたんだ。

悪いことをした。

「ごめん、考えごとしてて。楽しいよ。可子ちゃんといると楽しい」

彼女ははにかんだ。

「わたし、緊張するとむすっとする癖（くせ）があるから、そのせいかもって……」

そうだったのか――。

昨日から、なんでたまに不機嫌そうに眉を寄せるのか不思議だったけど、緊張していたのか。はじめて会ったときも、キモがられていたわけじゃなかったんだ。

おれの頬が自然とゆるむ。

「あっ……あれは？　あの家のこともなんか知ってるの？」

前方にある住居を指差すと、可子ちゃんは嬉しそうに口を開いた。

「あれは、高床倉庫って言って——」

一生懸命、説明してくれる。おれはなるべく大げさにリアクションしながら、その話を聞いた。

そのとき、

「ワン、ワン!!」

ちゃんこが走っていった。

高床倉庫を通り過ぎて公園の隅に向かっていく。

ユーレイを見つけた？

と思ったけど、いつもとは明らかに様子が違っていた。

「キャイン、キャイン!!」

悲鳴に近い吠えかた。尻尾の振りかたも尋常じゃない。

「ちょっと、いいかな？」

ちゃんこが行った方向に指をさすと、可子ちゃんはうなずいてくれた。

ふたりで歩いていくと、公園の隅にあるベンチにポニーテールの女性が座っていた。

その姿を見て驚く。

女性が——ちゃんこを抱き上げていたのだ。

「こてつ、あんたもユーレイになってたの⁉」

ちゃんこは今までに見たことがないほど、激しく尻尾を……というか、お尻全体を振って喜びを表現していた。

その光景を一目見ただけでわかった。

——ちゃんこの飼い主だ。

ここにいたのか……ちゃんこを抱けるということは、彼女もユーレイ。

おれたちが女性を見つめていると、

「……あなたたち、私が見えるの？」

女性が目をまん丸くした。

……どうする？

可子ちゃんも助けたいけど、ちゃんこの飼い主であるこの人も放っておけない。

それに、ユーレイは出会った順に助けると決めている。本来の順番だと、可子ちゃんよりちゃんこが先だ。あの女性から話を聞けば、ちゃんこの後悔もわかるかも。

とりあえず、話を聞くか。

そう決めて可子ちゃんに話しかけようとすると、引きつった顔をしていた。

そうだった。ユーレイが苦手なんだ。

「ちょっとだけ、待ってもらってもいいかな？」

苦笑いしながら言うと、可子ちゃんは目を見開きながら小刻みにうなずいた。


ベンチに座って女性から話を聞いた。

可子ちゃんには、隣のベンチに座って待ってもらうことにした。

女性の名前は佐良薫さん。二十八歳。

化粧も薄いし、服装も白いTシャツにジーンズとシンプルだったけど、キリッとした目が印象的な綺麗な人だった。ハキハキとした物言いで、自然体という言葉がハマる。

おれは薫さんに、いつもユーレイを助けていること、後悔を晴らせば成仏できること、ちゃんこの飼い主をずっと探していたこと、可子ちゃんとのことを話した。

話を聞き終わった薫さんが言った。

「へえ、ユーレイ助け……それで彼女とも付き合ってるんだ。すごいね、きみ」

ものめずらしそうにおれの顔を見る。

「いや、別にすごくは……」

「普通そこまでしないわよ。ユーレイ助けてる時点で普通じゃないけど」

思ったことは口にするタイプみたいだ。

おれはかしこまる。

「ユーレイは出会った順に助けてるんで、まずはちゃんこ……こてつの後悔を知りたいんですけど、なにか心当たりは？」

「こてつの後悔……あっ、私のことが心配だったのかも」

軽く言う。

ちゃんこは興奮しすぎたせいか、薫さんの膝の上で寝ている。

「心配？」

「私、ほとんど休まず仕事してたから。こてつはいつも心配そうな顔してた……」

ちゃんこを見つめながら優しい笑みをこぼす。

「薫さんとこてつは、一緒に亡くなったんですか？」

「こてつが先。病気で。マンションで一人暮らしだったから、それからはさみしかったな
……そのあと、私も会社で過労死しちゃった」

死因は過労死。そんなに働いてたのか。

「お仕事はなにを？」

「社長だったの。って言っても、社員は私ひとりだけど」

今までの経験から考えると、過労死しやすい業種は……

「お医者さんとか？」

薫さんは首を横に振って言った。

「ネイリスト」

おれはすぐ納得し、自然と口を開けてうなずいた。

たしかにそれっぽい。

薄いけど化粧はちゃんとしている。ナチュラルメイクってやつだろう。服装もサイズ感が今っぽい。左の手首にはバングルもつけてるし、けっしてガサツには見えない。ちゃんと外見に気を配っているように見える。

「けっこう売れてたのよ。雑誌にも載って、東京から来てくれるお客さんもいて。この仕事をするのが夢だったから頑張りすぎちゃったの」

おれは予想する。

おそらく——ちゃんこは死んですぐユーレイになって、マンションで薫さんを見守っていたんだ。働きすぎの薫さんを心配して。

だけどそのあと、薫さんも会社で過労死した。

ちゃんこは忠犬ハチ公みたいにマンションの前で薫さんの帰りを待っていた。そこにおれが通りがかったのだろう。

ただ、今の薫さんを見ても、ちゃんこはまだ成仏していない。ということは、まだ安心してないんだ。もう薫さんは無理をして働いてないのに。

ちゃんこは薫さんのなにを心配していた？

犬にとって飼い主は生きることのすべて。ちゃんこは薫さんを見ていて、なんとなく心配していたんだ。

……薫さんが幸せそうじゃなかったから？

生前も……今もだ。

薫さんは今も笑顔を見せてはいるけど、ほんとうは幸せじゃないとちゃんこはわかってるんだ。ちゃんこを安心させるためには、薫さんに幸せになってもらうこと。

つまり——薫さんの後悔を晴らせば、ちゃんこも成仏する。

成仏させる順番が変わった。薫さんが先だ。

「薫さんは……、自分の後悔に心当たりは？」

薫さんは一瞬黙ったあと、

「すぐには思いつかないなあ……ところでさ、あの彼女とはもうキスしたの？」

隣のベンチに座る可子ちゃんを見ながら言った。

「……はい？」

「キス。してないの？」

おれは微笑しつつ答える。

「さっき話しましたよね？　彼女はおれを好きなわけじゃないって」

「それでも付き合ってるんだから、してもいいじゃない」

おれは微笑したまま固まる。

「……そもそも、彼女にさわれないので」

「それでもできるでしょ？」

「……できる？」

「自分が相手を好きで、相手も自分を好き。それを確認できるのがキス。さわれなくても関係ないわ。その行為だけで幸せになれるから」

「……そうですか。けど、してないです。する予定もないです」

「なんだ、そうなの」

つまらなそうに言う。

……いまいち、つかみ所のない人だ。ペースが狂う。

自分の後悔に心当たりはないとなると、次はこれを探るか。

「ここには、よく来てたんですか？」

「うん。こてつを飼うずっと前から」

「どうして……ここに？」

控え目に訊くと、目をそらされた。

「なんとなく」

「……そうですか」

と、薫さんが突然、

「思い出した！」

さけんだ。

「きみさ――私と結婚してくれない？」

「……は？」

「私ね、バツイチなのよ。もう一度、結婚したかったの。それが後悔。間違いない！」

興奮しながら大きな声で言う。

「結婚？」

「うん」

頭を整理する。

今、成仏させるべき順番は――①薫さん、②ちゃんこ、③可子ちゃんだ。

もしも薫さんの後悔がこれだったら、承諾する必要がある。

ただ、問題は……。

と――可子ちゃんがおれの隣に座ってきた。

「可子ちゃん？」

おれは心配する。

「……わ、わたしも話を聞きます」

可子ちゃんは薫さんを怖がっているようで、青い顔をしてうつむいていた。膝の上に置かれた手も軽く震えている。

薫さんが笑みをこぼし、

「この子、大丈夫？」

おれに向かって言った。

そういえば、このことは説明してなかった。

「彼女、ユーレイが苦手なんです」

薫さんは腑に落ちたように大きくうなずき、

「大丈夫よ、乗り移ったりしないから――」

と言ってる最中、なにかに気づいたような顔をした。

「その爪、可愛いわね。どこのお店でやったの？」

可子ちゃんの爪を見ながら言う。

「……自分で」

可子ちゃんは体を縮ませ、消え入りそうな声で答える。

おれは可子ちゃんの爪を見た。

根元がピンク色で、中間地点から徐々に白くなっていた。

「グラデーションか。真ん中にストーンアート入れたらもっと可愛くなるわよ。今度うちの店で——って、私もあなたも死んでるから無理か」

薫さんが笑う。

しかし、朗らかな人だ。会話できる相手と出会えた嬉しさもあるのだろうけど。

ふと、気づいた。

「薫さんの爪は短いですね。ネイリストなのに」

短くて清潔そうな爪。なんのアートも施されてなくて健康そうな色をしている。

「昔は長くて派手だったのよ。服もタンクトップで、髪もツーブロックにしてた」

「ほんとですか？」

とても想像できない。今の薫さんは服装も髪型もナチュラル。しっかりしてそうな大人の女性だ。

「オシャレなほうがお客さんに自分を売り込めるからね」

「今は違いますよね。腕だけで勝負できるようになったから？」

「ううん。変えたのは腕がつく前から。きっかけがあってね」

「きっかけ？」

「あっ、そんなことより結婚してくれるの？　くれないの？」

話を戻される。

まあ……答えるしかないか。

「わかりました。いいですよ」

「えっ⁉」

「と言っても、役所に届けを出すわけじゃないので口約束だけですけど」

すごく面食らった顔をされる。

「それが後悔なんですよね？」

「そうだけど……いいの？」

言われたのはこっちなのに、念を押される。

「ええ、順番なんで。薫さんの後悔を晴らせば、ちゃんこも成仏するかもしれないし」

「きみ……プロね」

ただ――問題がひとつ。

驚く薫さんを尻目(しりめ)に、おれは可子ちゃんに顔を向けた。

「可子ちゃん、順番だと薫さんが先になるんだ。薫さんが成仏するまで、待っててくれないかな？」

そう、問題は可子ちゃんが納得してくれるかだ。

とはいえ、可子ちゃんはおれを好きなわけじゃないし、順番は順番だし、真面目な性格だからわかってくれるだろう。

と、思ったのだけど——

「……い、嫌です」

可子ちゃんは青白い顔で言った。

「そんなの、ダメです」

怒ったような顔をして続ける。

その返答を聞いた薫さんが、なぜかニヤリとした。

「あら、嫉妬してるの?」

「違います!」

可子ちゃんがムキになる。

「じゃあ、なに?」

薫さんがからかうように笑みを浮かべる。

「結婚は……好きな人同士でするものです」

「あなただって、好きでもないのに彼と付き合ってるじゃない。それとなにが違うの?」

おれを挟んで、ふたりの女性が言い合っている。

だが、ふたりともおれを好きなわけじゃないから、ぜんぜんモテてる気はしない。

「付き合うのは相手を知る期間です。まったく知らない人と結婚するなんておかしいです」

「……それもそうね」

　急に薫さんが考え込んだ。

「わかった。今から三人でデートしましょう。私のことを知ってもらった上で、彼に決めてもらったら？」

「そういう話じゃ――」と可子ちゃんは納得しなかったが、

「決めるのは開登くん。どうする？」

　薫さんはおれに決めさせようとする。

　可子ちゃんは真面目だから結婚にこだわりがあるのだろう。けど、おれは薫さんを助けられたらなんでもいい。

「おれは、別に」

　微笑みながら言うと、可子ちゃんがぽかんと口を開けた。

「決まりね」

　薫さんが立ち上がる。

「行きたいとこがあるの。可子ちゃんもついてきてくれる？」

「……」

　可子ちゃんはなにか言いたげな顔をしたが、

「……わかりました」

不服そうに納得した。

薫さんに連れられて賤機山公園に向かった。

静岡市の有名な観光名所、浅間神社。その境内にある百段階段を上がり、さらに山道を登ったところにある公園だ。

目的地まで歩いている最中、可子ちゃんはおれと薫さんとちゃんこから少し離れ、ひとり後ろを歩いていた。

公園に着くと薫さんとちゃんこはフェンスまで歩いていき、眼下に広がる静岡市街を眺めた。

「綺麗ね」

おれも景色を見る。ここからは静岡市街を一望できる。

今日は天気もよかったから、駿河湾も富士山もはっきり見えた。可子ちゃんは相変わらず、おれたちから離れたところにひとりで立っている。

流れでこうなってしまったけど、これ以上は話をこじれさせないために、はっきりさせたほうがよさそうだ。そう思って言うことにした。

「薫さん、嘘ついてません？」

「……嘘？」

景色を眺めながら薫さんがとぼける。

「ほんとうの後悔は、結婚したかったことじゃないですよね？」

おれを見る。

「なんで、そう思ったの？」

「さっき、『なんとなく』あの公園に行ってたって言いましたよね？」

「それが？」

「ユーレイになった人は思い入れのある場所で目覚めます。『なんとなく』はあり得ません。ひとつでも嘘をつく人は、ほんとうの後悔を隠してることが多いんです」

薫さんが、なにかに気づいた顔をした。

「だから、結婚を承諾したのね。とりあえずＯＫして、私の心を開かせようとした。そのあとに、ほんとうの後悔を探ろうとした？」

「……まあ」

「ひどいわね。ぬか喜びしちゃった」

薫さんは顔をほころばせた。おれも笑顔を返すと、薫さんは静かに言った。

「正解。さすがはプロね。いつからこんなことしてるの？」

「こどもの頃からです」

「誰かと一緒に？」

「ひとりで」

「……そっか」

なぜか薫さんは、さみしそうに笑った。

「あの……どうして結婚してなんて？」

「きみにお礼をしたくて。こてつを預かってくれてたから」

薫さんが隣にいるちゃんこを見る。ちゃんこは薫さんを見上げながら尻尾を振った。

「お礼……？」

薫さんが後ろを振り向いた。

それまでこっちを見ていた可子ちゃんが、慌てて目をそらす。

「あの子、気になってるみたいね」

おれは感づく。

「……可子ちゃんに嫉妬させようとしてたんですか？」

「正解」

クイズ番組の司会者のように大げさに言う。

「おれたちを、くっつけようとしてる？」

「また正解」

おれは苦笑する。

「だから、おれたちはそんな関係じゃ……だいたい彼女、もう亡くなってますし」

「先のことなんてわかんないわよ。私はそうなる可能性もあると思った」

おれは顔をしかめる。

「なんで……？」

「女の勘。きみには、私と同じ過ちを犯してほしくなかったの」

「過ち？」

「きみさ……星の王子さまって知ってる？」

薫さんの表情が急にひきしまった。

「童話ですよね。教科書で見たような……内容は覚えてないですけど」

「いちばん大切なことは目に見えない──そんな台詞があるの。きみは、この仕事がいちばん大切だと思ってる。ほんとうに大切なものを見落としてほしくなかった」

言葉の真意を読み取ろうとする。

これまでの話から推測すると、薫さんがいちばん大切だと思っていたのは……仕事？

そのために、ほんとうに大切なものを見落とした？

薫さんはバツイチだ。

「仕事よりも……好きな人が大切ってことですか？」

薫さんは「うーん」と、あごに手を当てて、

「半分は正解」

どういう意味だ？

「……薫さんの後悔はなんですか？」

「なんだと思う？　当たったら素直に言うわ」

予想はしてたけど、簡単には教えてくれない。

言いたくない理由があるんだ。

明るく振る舞ってるけど、向き合いたくない過去を隠している。じゃないと、さっきも
『なんとなく』なんて嘘をつかなかった。

まずは、頭に浮かんでることを素直に言ってみる。

「結婚してた人と、やり直したい？」

「不正解。彼とは納得して別れたの。私が悪かったから。私ね、悪い女なの」

大げさに不気味な笑みをつくる。

「悪い女……」

おれが考え込むと、

「三つまで質問していいわ。正直に答えるから、そこから予想してみて」

余裕の笑みで言う。

なにを訊こう。

後悔につながってそうなことは……この場所。ユーレイになって最初に来たかったところだから、ヒントが隠されてるかも。

「ここには、なんで来たかったんですか？」

「いいとこつくわね。昔、よく来てたから」

いいとこ？　ということは後悔に関係ある。

「結婚してた人と？」

「別の人と。その頃はもう結婚してたんだけどね。あとひとつよ」

もう結婚してたけど別の人と来てた。

誰だ？

「五……四……」

薫さんがカウントダウンをはじめる。

「えっ、時間制限あるんですか？」

「じゃないと、おもしろくないでしょ？　三……二……」

「今、結婚してた人はどこに？」

「シンガポール。彼の海外赴任が決まったときに別れたの。最低でも八年は戻らないって言ってた」

薫さんが日本で仕事をしたかったから別れた？

いや、付き合ってたならまだしも結婚だ。それだけで離婚まで発展するとはちょっと考えにくい。

それまでに、ふたりの間でなにかがあったんだ。

なにがあった？

考えていると、薫さんが可子ちゃんを見ながら言った。

「これ以上、彼女に気にさせたら逆効果かもね。悪女はそろそろ退散するわ。答えは明日聞かせて。登呂公園で待ってるから」

「おれと離れたら、薫さん消えちゃいますよ。生きててユーレイの見えるおれに取り憑いてる状態なので……」

「消えたあとは？」

「登呂公園に戻ります」

「早く帰れて便利じゃない。こてつは……きみと一緒じゃなきゃ動けないから、連れていけないのか。また明日ね、こてつ」

そう言うと、薫さんはひとりで帰っていった。

おれは可子ちゃんを街路樹通りまで送ることにした。

だが、彼女はずっと不機嫌そうに、おれとちゃんこの少し先を歩いていた。

「可子ちゃん」

住宅街の道で後ろから声をかける。が、可子ちゃんはスピードをゆるめない。

おれと離れすぎると可子ちゃんが消えてしまう。また街路樹通りに現れるだろうけど、彼女の後悔を晴らすためには、なるべく普通の恋人同士みたいに過ごしたい。

「可子ちゃん、どうしたの？」

少し大きな声で言うと、やっと立ち止まって振り返った。

「あなたは……おかしいです！」

またか——普通じゃないとか、おかしいとか、言われ慣れてはいるけど今日は言われすぎだ。

「……なにが？」

微笑しながら答える。

「なんであんな簡単に、結婚しようとしたんですか？」

薫さんの「結婚したい」という後悔が嘘だったことを、まだ説明してなかった。

ただ……薫さんが本気だったとしても、同じ選択をしていただろう。

「薫さんを助けられるから。きみのお願いをきいたことと同じだよ」

「違います！　結婚は自分の生活も愛情も、ぜんぶを相手に捧げるものです。あんなにすんなり決めていいいんですか？」

少しだけ考えて言った。

「それで助けられるなら。」

真面目なきみには、抵抗ある考えかもしれないけど……」

「わたしの性格は関係ないです！」

おれは困惑する。

結婚はそういうものじゃない――そう言いたくて怒ってたんじゃないのか？

「じゃあ、なんで怒ってるの？」

「あなたが、自分を大切にしてないからです！」

「……してないかな？」

「してないです！　あなたは高校の屋上でわたしを助けようとした。あのときは自分の体を大切にしてなかったけど、今度は自分の気持ちを大切にしてない」

「おれの気持ちは……薫さんを助けたいんだけど」

「そういうことじゃないです！　薫さんのことが好きなんですか？　結婚したいんですか？」

つい笑ってしまった。

「いや……会ったばっかだよ？」

「なら、自分の気持ちを無視してるってことです。自分を大切にしてないってことです」

「そこについてのおれの気持ちは、どうでもいいよ」

自分の気持ちよりも、誰かを助けることのほうがよっぽど大切だ。

すると——彼女は哀しそうに顔をゆがませた。

「なんで……そんなこと言うんですか?」

困った。

さっきから彼女の気持ちがぜんぜんわからない。

「なんでって……そう思うから」

「あなたは屋上でもわたしを助けようとしてくれたし、わたしの後悔を晴らそうとしてくれた。誰にでもできることじゃないです」

面と向かって褒められ、どんな顔をしていいのかわからなくなる。

だけど、すぐに思った。おれはそんなにたいそうな人間じゃない。可子ちゃんはおれを高く見積もりすぎていると。

「買いかぶりすぎだよ」

微笑しながら否定すると、可子ちゃんは急にツカツカと歩いてきて、おれの目の前で止まった。

そして、おれの目をじっと見つめてくる。

顔が近い。

「あなたには――価値がある」

言われ、急に胸がじんわりとした。

よくわからない気持ち。

その感情に戸惑いながら、自然と目をそらしてしまう。

けれど、

「ちゃんとわたしの目を見てください」

強い意志のこもった声で言われる。

おれは顔を上げた。

彼女の透き通る大きな瞳から、まっさらな良心が伝わってくる。

その目はおれの顔ではなく、もっと奥底を見ている気がした。

すべてを見透かすような瞳。

おれよりもおれをわかっている――理屈ではなく感覚でそう感じた。

「あなたはわたしを助けてくれた。少なくともわたしは、そんなあなたを普通の人以上に価値があると思ってる。だから自分を大切にしてほしいんです。薫さんと結婚したらダメです。あなたは好きな人と結婚しなきゃダメです！」

「……」

急に我に返った可子ちゃんは、おれから目を離し、なんども瞬（まばた）きした。

「明日も……街路樹通りにいます」

気まずそうに言って、可子ちゃんは足早に去った。


その夜。

帰宅したおれは、自宅の畳に寝転がりながら考えていた。


『あなたには——価値がある』


あの瞬間、おれはなぜだか泣きそうになった。

哀しかったわけじゃない。

なんだか嬉しかった。

可子ちゃんは、あの言葉をほんとうにおれに伝えたいようだった。

薫さんも似たようなことを言っていた。

他人からは、おれは自分を大切にしていないように見えている。

自分ではそんなつもりはない。

昔から、ただユーレイを助けたくて好きでやってきただけだ。

それが……自分を大切にしてない？

そもそも、なんでおれはこんなに必死にユーレイを助けてる？

……わからない。

前にタカちゃんに訊かれた。あのときは『人助けはいいことだから』と答えたけど、なにかしっくりきてない。

……居心地が悪い。

とにかく……今は自分のことはどうでもいい。

それよりも薫さんの後悔を突き止めないと。

頭を切り替えよう。

薫さんは、ほんとうに大切なものを見落としていた。

ただ、結婚してた人に未練があるわけじゃない。

それなら、なんだ？

薫さんは、ほかになにを言っていた？

登呂公園にはよく行っていた。でも、その理由を話そうとしなかった。

賤機山公園にもよく行っていた。その頃には結婚していたけど、結婚していた人以外の人と行っていた。

……ふたつの公園には同じ人とよく行っていた？

その人のことを……今でも想っている？　結婚してた人以外の人を？

私は悪い女……悪女。

——薫さんのほんとうの後悔がわかった。


「こんなにそばにいて大丈夫？　私が怖いんでしょ？」

登呂公園のベンチに座っていた薫さんが、可子ちゃんに言った。

昨日と同じように、薫さんの隣にはおれ、その隣には可子ちゃんが座っていた。ちゃんこは薫さんの前でお座りしている。

「怖いけど……彼の答えを聞きたいから」

可子ちゃんの言葉に、薫さんが驚く。

「まだ言ってないの？」

「……タイミングがなくて」

おれは苦笑いする。

そのやりとりを見ていた可子ちゃんが、理解できていない顔をする。

薫さんとの結婚が無くなったことを、まだ可子ちゃんには言っていなかった。

今日も可子ちゃんとの間には気まずい空気が残っていたから、街路樹通りからここに来る間も、おれたちはほとんど話さなかったのだ。

「きみ、意外と女泣かせね。可子ちゃん気をつけてね。彼みたいにはっきり言えないタイプの男は、流されて浮気するから」

可子ちゃんが瞬きし、恥ずかしそうに顔を下げる。

「だから、おれたちは……」

「冗談よ。それで、答えはわかった？」

「……まあ」

おれはため息交じりに微笑む。

「聞かせて」

薫さんは背筋をピンとさせる。

少し緊張しているようだったけど、好奇心が勝っているように見えた。

おれは口を開いた。

「確実にわかったのは、薫さんが大切なものを履き違えていたこと。そのために、ほんとうに大切なものを失ってしまった。それが後悔と関係してます」

「……そこまでは正解。それで？」

「薫さんは、謝りたかったんじゃないですか？」

「結婚してた人に？」

「はい」

「たとえば……私が不倫をしていた。そのことを夫にちゃんと謝りたい。それが、私の後悔ってこと？」

余裕の笑顔で言う。

だけど、おれの予想はそうじゃなかった。

「不倫じゃないです」

おれの言葉を聞いた薫さんは、戸惑いの表情を浮かべる。

「薫さんは謝りたかった。結婚してた人と――お子さんに」

その顔から笑みが消えた。

同時に、薫さんのほんとうの顔がはじめて見えた気がした。

「……なんで、そう思ったの？」

「薫さんの爪が短かったからです」

「爪？」

「昔は長くて派手だったんですよね。そのほうが自分を売り込めたから。薫さんは仕事をすごく大切にしてそうだったから、よほどのことがないと切らないと思ったんです。お子さんの肌を傷つけないために、清潔な手で触るために切ったんですよね？」

「……」

「薫さんは、仕事がいちばん大切だと思っていたから、お子さんを手放すことになった。そうじゃないですか？」

真顔だった薫さんが、ふっと笑みをこぼした。

「……正解。不倫だと思わせようとしたんだけど、引っかからなかったわね」

にこやかに言う。しかし、その表情はぎこちなかった。

「ふたつの公園には、お子さんと行ってたんですよね？」

微笑しながら、小さくうなずく。

「詳しく……聞かせてもらえませんか？」

薫さんは観念したように大きく息をついた。

そして、話しはじめた。

「息子を授かったのは、十九のときだったの」

若い。今のおれと可子ちゃんよりも、ひとつ歳下のときだ。

「だから正直、戸惑った。夫は大学生で、私は一年制のネイルの専門学校に通ってて、ネイリストになりたかったから」

今のおれの歳には産んでいたということ。

おれにこどもがいたら——あまりに現実離れしていて、どんな気持ちだったのか見当がつかない。

「けど夫がね、『大学を辞めて生活費を稼ぐから、お前は夢を叶えろ』って。だから産むことにした。妊娠したまま専門学校を卒業して、ネイルサロンで働きはじめて。その頃は楽しかったわ。子育ても仕事も両立できると思ってた。でも現実は甘くなかった」

哀しげに笑う。

「出産したら生活が一変した。仕事が終わったら保育園に迎えに行って、家に帰ったらあの子の世話や家事をして。ただでさえ忙しいのに、夜泣きがほんとにひどくて……私が寝かしつけないと寝なかったから、私も眠れなかった。やっと夢が叶ったのにまったく仕事に集中できなくて、同期の子たちとどんどん実力が離れていった。同じような状況でもぜんぶ上手にできてる人も絶対にいる。それなのに、なんで私にはできないんだろうって思った」

その口ぶりから、なんとなく過去を想像できた。

可子ちゃんも真面目だけど、薫さんも根は真面目そうだ。

こどもをふたつの公園にもよく連れていっていたみたいだし……仕事と育児と家事、どれもちゃんとやろうとしたんだ。

「自分のストレスを夫にぶつけた。彼も育児を手伝ってくれてたけど、そんなことは関係なかった。とにかく仕事をちゃんとしたくて、『結婚しなければよかった』って、『産まなければよかった』って、毎日のように罵声を浴びせたわ。『この子さえいなければ』ってなんども本気で思った」

育児ノイローゼ……当時の薫さんは、それだったのかもしれない。

「結局、私の気持ちが落ち着くまで、夫の実家にあの子を預けることになった。夫は実家から、私は自宅から職場に通った。そしたら急に楽になった。やっと仕事に集中できたの。あの子と一緒にいるときよりも、仕事をしているときのほうがずっと楽しかった」

溜まっていた正直な思いを吐き出しているように見えた。ずっと誰かに聞いてほしかったんだろう。

「あの子と会う時間もどんどん減っていって、夫とは半ば別居状態になった。そんな時間がずっと続いた……自分で続けたの。私は、なによりも仕事をしたかったから」

「別居は……どれくらい？」

おれは訊いた。

「二年半。その間、息子とはたまに会うだけだった。正気の沙汰じゃないでしょ？」

おれも可子ちゃんも、なにも言えなかった。

「あの子が四歳になった頃、夫の海外赴任が決まって離婚を切り出された。ずっとあの子を呼び戻そうとしなかった私に、夫は愛想を尽かしてた。『冷たい母親の記憶を残したくないから、こどもには二度と会わせない』って言われたわ。すぐに納得した。私が悪いから納得するしかなかった」

悪い女——昨日の言葉はこのことだった。

「そのときは、正直そこまで落ち込まなかったの。それどころか、心のつかえが取れてスッキリした。それまでは、あの子のことをいつも頭のどこかで気にしてたから。やっと仕事だけに打ち込めると思った。けどね——」

言葉を止め、うつむく。

そしてまた、顔を上げた。泣くのを我慢しているように見えた。

「離れてからは……あの子のことばかりを思い出すようになったの。すやすや寝ている顔や、『ママ、抱っこ』ってよちよち歩いてくる姿。私が家でネイルの練習をしているときに、邪魔しないようにひとりでミニカーで遊んでいる背中……夜泣きする以外は、とってもいい子だったから」

薫さんの言った『とってもいい子』の言いかたは、すごく優しかった。

「あんなに煩わしかった子育ての時間が、急に愛おしくなった。無性にあの子を抱きしめたくなった。思い出したの。あの子をちゃんと抱きしめたことがなかったって。『好き』って言ってあげたこともなかった。私はなんてことをしたんだろう——そのときに、はじめて気がついた」

薫さんにとって『ほんとうに大切なもの』は、仕事ではなく、こどもだった。

「それからは、自分のさみしさをごまかすために以前にも増して仕事に熱中した。独立して店も持った。その頃に、こてつを知り合いから譲ってもらったの。この子には、ほんとうに助けられた」

薫さんがちゃんこを見る。

「でも、こてつもいなくなって、私はひとりになって、ひとりで死んだ。私には、お似合いの最後だった。これが……私の人生のすべて」

おどけて笑う。

薫さんは二十八歳。こどもを二十四歳で手放してから、四年後に亡くなった。

「四年間……お子さんには一度も会おうとしなかったんですか？」

薫さんは鼻で笑った。

「私は、自分のことしか考えなかったのよ？」

そんな都合のいいことはできない——そう思ってきたのだろう。

「だから……きみには悪いけど、私はこのままでいる」

その顔つきからは、覚悟が感じとれた。

「このまま？　お子さんに謝りたいんですよね？」

それまで黙っていた可子ちゃんが口を開く。

薫さんはすぐに返した。

「こんな頭のおかしい母親には会いたくないわよ。それに、このまま苦しむことが、あの子への罪滅ぼしなの」

可子ちゃんは言葉を詰まらせる。

当たり前だけど、可子ちゃんには薫さんのこどもの気持ちがわからないんだ。こどもは薫さんと会いたくないかもしれない——そう考えたのだろう。

だけど、おれはそうは思わなかった。

「それ、違うと思います」

薫さんが驚いたようにおれを見る。

当てずっぽうで言ったわけじゃない。

「おれの母さんも薫さんと似てて、キャリアウーマンだったらしいんですよ」

「らしい？」

薫さんが言った。

「おれが七歳の頃に亡くなったから、よく知らなくて」

薫さんと可子ちゃんが気まずそうな顔をする。同情してほしくて言ったわけじゃないから、すぐに続けた。

「おれの母さんも、いつも家にいなかったんです。けど、会えるなら会いたいです。それに会わないほうが罪な気もします」

薫さんが眉を寄せる。

「おれも、母さんに『好き』って言われた記憶がないんですよね。今でも、どう思われてたんだろうって、たまに気になることがあって。でも薫さんはまだ伝えられる。お子さんはこの先の人生で、『自分は愛されてた』って何度も確信できる。それだけで伝える意味はあります。彼のために」

「……」

薫さんは下を向いた。こんな考えかたをしたことはなかったのかもしれない。

そして、しばらく黙ったあと、うつむきながら言った。

「……ふたりは外国にいるの」

「おれと一緒なら薫さんも行けます」

「……私はあの子と話せない」

「おれが伝えます。お子さんとの思い出なんかを話せば、薫さんがそばにいると信じてもらえます」

「……今って何年?」

薫さんの問いに、可子ちゃんがすぐに答えた。

「二〇一九年です」

「私が死んだのは二〇一八年……今は九歳か。私のこと覚えてないかも」

「きっと覚えてます」

おれは言う。

すると——薫さんは顔を上げた。

薫さんは泣いていた。とても、つらそうに。

けどその瞳には、たしかに希望がにじんでいた。

「……ほんとに、あの子のためになる？」

「はい」

「はい」

おれと可子ちゃんが同時に言った。

ふたりで顔を見合わせると、薫さんは泣きながら吹き出した。

おれは薫さんに確認する。

「薫さんは、誰になにを伝えたいんですか？」

「夫に謝りたい。なにより……あの子に謝りたい。一緒にいられなかったことを、手放してしまったことを。それで……抱きしめて、『好き』って伝えたい……」

薫さんは、涙をぼろぼろと流した。

何年間も溜まっていた涙。今までは必死に本心を抑えつけていたのだ。自分の気持ちを殺すことが、こどもへの罪滅ぼしになると思って——。

おれは立ち上がった。

「わかりました。行きましょう」

「けど、ふたりのいる住所を知らないの。シンガポールにいることしか」

そうか。結婚してた人には『こどもにはもう会わせない』って言われていたんだ。

その人の両親に訊いても教えてくれないだろうし、会社に訊いても個人情報だから教えてくれないだろう。

おれは薫さんに訊く。

「結婚してた人、ツイッターやフェイスブックは？」

「そういうのは、しないタイプだった」

「会社名はわかりますよね？」

薫さんがうなずく。

「あとは、ふたりの名前も……現地で聞き込みしたほうが早いかも」

考えながら言うと、

「言葉は、どうするんですか？」

可子ちゃんが言う。その問題もあった。

「シンガポールって、何語？」

可子ちゃんに訊く。

「公用語は英語です」

英語は頭の良さそうな可子ちゃんに任せればなんとかなりそうだけど、関係ない彼女を巻き込みたくない。ユーレイ助けはおれの仕事だ。

かと言って、仮におれが薫さんをシンガポールに連れていっても、どれだけ時間がかかるかもわからない。その間、可子ちゃんをずっと待たせることになる。

なるべくなら、それも避けたい。

ただ、薫さんはおれと一緒じゃないとシンガポールに行けない。

困ったな。

おれがふたりいればいいんだけど……。

そう考えたとき——アイデアが舞い降りた。

あくびをしながら出版社から出てきたその人に声をかけた。

「タカちゃん」

おれに気づいたタカちゃんが眠そうな顔を向けた。

「開登……どうした？」

徹夜続きのせいか、無精髭(ぶしょうひげ)が生(は)えて目も軽く充血している。

「そろそろ昼ご飯だと思って待ってたんだ。仕事の調子は？」

「順調だ。もうちょいかかりそうだけどな」

「終わったら東南アジアだよね。どこの国に行くの？」

「えーと、インドネシアにタイにベトナム、それにシンガポールか」

「シンガポール？」

「ああ、それがどうかしたか？」

「……紹介したい人がいるんだけど」

おれは後ろを見る。

少し離れたところに、可子ちゃんと薫さんとちゃんこがいた。

「あそこにいるポニーテールの人、薫さんって言うんだけど――」

「すげえ美人じゃん！」

タカちゃんが眼光を鋭くさせる。もともと目が血走っていたため、余計にいやらしく見えた。

「でしょ。ただあの人さ……死んでるんだ」

「はぁ？」

おれはタカちゃんに事情を説明し、薫さんとちゃんこをシンガポールに連れていってほしいと頼んだ。薫さんと可子ちゃんには、ここに来るまでにタカちゃんのことを説明していた。

タカちゃんならユーレイも見えるし英語も話せる。条件に合ったガイド役はタカちゃんしか思いつかなかった。

「ユーレイ助けに興味はないけど……可愛いからなあ」

薫さんを遠目に見ながらタカちゃんが腕を組む。

やっぱりタカちゃんにとって大切なことは可愛いかどうかなのだ。それ以外はたいした問題じゃない。

「そうそう、生きてる人と同じだよ。ひとりで行くよりも楽しいでしょ？」

「……わかった。こっからはおれが彼女と犬を預かる」

「いいの？」

「お前はあっちの若い女の子と付き合わなきゃいけねえんだろ。それに、早いとこ彼女と話したいんだよ」

ハンターのような目で薫さんを見つめる。

「ありがと。連れてくるよ」

おれは薫さんたちのもとへ小走りで向かった。

着いたとたん、薫さんが落ち着かない様子で訊いてくる。

「どうだった？」

今までさんざん意地悪されたから、薫さんの真似(まね)をすることにした。

「どうだったと思います？」

「えー」

と困った顔をしたあと、薫さんは緊張した面持ちで言った。

「……ＯＫ？」

「正解です」

薫さんは「きゃー」と大喜びし、ちゃんこを抱き上げた。

「こてつ、これであんたも成仏できるよ」

薫さんが気持ちの良い笑顔を見せる。ちゃんこも舌を出して笑っているように見えた。

「よかったですね」

可子ちゃんも笑顔で薫さんに言う。

と、気づく。

可子ちゃんが薫さんを怖がってない。そういえば、さっきも薫さんの隣にいた。

「薫さんのこと、怖くないの？」

「はい。ユーレイになった人も、生きてる人と同じってわかったから」

そう……ユーレイも人間と同じだ。

後悔があるし、感情もあるし、涙も流す。それがわかったみたいだ。

「ここからはタカちゃんのそばにいてください。タカちゃんの仕事が終わり次第、シンガポールに行けます」

薫さんは「わかった」とちゃんこを降ろし、おれに言った。

「開登くん、最後にもう一度言うけど、私と同じ過ちを犯さないでね。大切なものは、失ってからはじめて気づくこともある」

もしも可子ちゃんとそんな関係になったら――そう言いたいのだろう。

おれにとってのほんとうに大切なものは、まだなにかはわからない。けど、薫さんを見て、それは履き違えていることもあるのだとわかった。

自分のことを少し考えてみよう――自然とそんな気が湧き上がっていた。

薫さんとちゃんことタカちゃんが歩いていく。

その背中を見送っていると、タカちゃんの声が聞こえてきた。

「薫ちゃん、今は独身なんだよね。彼氏はいるの？」

もう薫さんを口説こうとしている。バツイチでも子持ちでもユーレイでも関係ない。さすがだ。

ふたりと一匹の姿が遠く離れたあと、おれは可子ちゃんに言った。

「行きたいところがあるんだけど、付き合ってくれる？」

その目的地に歩いて向かっている最中、住宅街の路地で可子ちゃんが言った。

「昨日は……おかしいなんて言ってごめんなさい」

反省しているような顔。

「いや、たしかにおれ、自分を大切にしてないかもって思ったし」

「あなたは、おかしくないです」

「……どうしたの、急に？」

「あれから、よく考えたんです。あなたには、それだけ必死になってユーレイを助けてる理由があるんだって。自分のことが、どうでもよくなるくらい……」

おれがユーレイを助けてる理由。昨日もひとりで、同じことを考えた。

「ずっとユーレイを助けてきたんですよね。きっと、そうしなきゃいられない理由があるんです。自分ではどうすることもできないんです。じゃなきゃ、こんなに大変なことをこんなに長く続けてません」

たしか、彼女は教育学部だった。

教育や心理学にも詳しいだろうから、これまでのおれの言動を見て、かつ知識の裏付けがあって言ってるのだろう。

「どうしてそうしないといられないのかは、まだはっきりとはわからないんですけど……助けるって行為を選んでいることは、あなたが優しいことが関係してる」

優しい？　そんなつもりはまったくない。

「自分がしたいからだよ。自分が気持ちいいから、してるだけ」

ほんとうにしたいからしてる。自分がやりたいだけだ。

しかし可子ちゃんは、

「優しいです」

言い切る。

「わたしは、薫さんにこどもがいるなんて想像もできなかった。けどあなたはわかった」

おれが薫さんの後悔がわかったのは優しいから……違う。そんな理由じゃない。

「ずっとこんなことしてきたから、観察力は鍛えられたんだ」

けど可子ちゃんは納得せず、首を振った。

「それだけじゃないです。自分のことをなおざりにするところはあるけど……それは相手のことを考えているからでもある。他人の痛みに気づける優しさがあるんです」

「……」

「だから、あなたはおかしくないです。ただ優しいだけです」

また、あのときと同じ気持ちになった。

『あなたには価値がある』と言われたときも、こんな気分になった。

なんだか……居心地が悪い。

違う話をしよう。

もう薫さんの件はタカちゃんに任せた。ここからは、可子ちゃんの後悔を晴らすことがおれのミッションだ。薫さんと出会う直前、おれは可子ちゃんに訊こうとしていたことがあった。

「きみは……亡くなる直前に誰かと一緒にいたの？」

彼女が目を丸くする。

「きみと出会った日、街路樹通りにいた人たちが話してたんだ。あそこでカップルが車にはねられて亡くなったって」

「……カップル？」

と言ったあと、可子ちゃんは腑に落ちたように「あ……」と漏らした。

「一緒にいたのは、彼氏？」

「……違います」

哀しげにうつむく。

やっぱり違うか……彼氏はできたことがないと言っていた。嘘をつく理由が見当たらない。

「じゃあ……？」

とおれが答えを促そうとするが、可子ちゃんは顔を曇らせて黙ってしまった。

「あ、無理に言わなくていいから」
「……すいません」
気まずそうに言う。
言いたくない——向き合いたくないということだ。きっとそれが、後悔に関係している
んだろう。
この様子だと、一緒に亡くなったのは思い入れのある人。
可子ちゃんは友達もいないと言っていた。
恋人でもない、友達でもない。それ以外に、思い入れのある相手——？
ひとり、いた。
ただ……その人だとして、なにを後悔してる？
そもそも、なんで可子ちゃんは、おれに彼氏になってほしかった？
真面目な彼女が、たいした考えもなく言ったとは思えない。
あんなことを言うのには、かなり勇気がいったはずだ。意識的なのか無意識だったのか
はわからないけど、後悔に関係していると考えたほうが自然だ。
そのとき——タカちゃんの言っていた言葉を思い出した。
もしかして、彼女の後悔は——。
だけど、まだ言わないほうがいい。今はまだ、その人の死を認められていないはずだ。

彼女が言いたくなるまで待とう。

大浜海岸についた。

このへんの人たちが海を見たいときは、だいたいここに来る。

いつの間にか夕日が沈みはじめ、海岸は橙色に染まっていた。

砂浜を歩き、ちょうどいい大きさの流木にふたりで腰を下ろす。

しばらく駿河湾を見たあと、おれは口を開いた。

「やっぱり、なんも感じないや」

可子ちゃんに見つめられる。

急にここに来たくなったのは、理由があったからだ。

「きみにおかしいって言われて思ったんだ。おれは誰かが死んでも、哀しんだことがないって」

可子ちゃんが目を伏せる。

「……ごめんなさい」

誤解させた。責めてるわけじゃない。

「違うんだ。おれを育ててくれたじいちゃんが死んだときも同じだったから。家の近くのお寺に墓もあるんだけど、そこに行っても哀しくなったことはない。けど、この海岸はこどもの頃にじいちゃんとよく来てたから、なんか感じるかもって」

どうしても確認したくなった。

だけど、なにも感じない。やっぱり、おれはおかしいみたいだ。

そんなおれの考えを読んだように可子ちゃんが言った。

「開登さんみたいにユーレイを助けてたら、わたしもそうなってました」

「……どういう意味？」

「薫さんみたいに、後悔を晴らして幸せそうな顔で旅立つ人たちを、たくさん見てきたんですよね？」

「……うん」

「開登さんは、死が終わりだと思ってないんじゃないですか？　もしかしたら、その先に幸せななにかが待っていると思ってる。だから他人が死んでも哀しくないし、自分も死ぬのが怖くない」

すごいな。ここ数日で、そこまで見ていたのか。

「ってことは……おれ、そこまでおかしくないかな？」

「はい。ぜんぜんおかしくないです」

おれ自身を肯定されているような気がして、胸がすっと軽くなる。

「おじいさん、どんな人だったんですか？」

じいちゃんを思い出す。

「優しかったよ。けど親じゃないから、やっぱり距離もあった。自由にはさせてもらえてたけど、本気で怒られたことも、本気で褒められたこともなかった気がする」

じいちゃんの性格も関係しているだろう。

おれやタカちゃんと同じで、必要以上に誰かに干渉する人じゃなかった。それが居心地よかったけど物足りなくもあった。きっと、ないものねだりだ。

と――可子ちゃんがおれの顔に右手を近づけてきた。

そのまま、頭をなでるふりをする。その手はおれの頭にふれてはなかったけど、不思議とぬくもりが伝わってきた。

「開登さんは、偉いですね」

こどもに言うような甘い声と優しい笑顔を向けられる。

「ずっとユーレイを助けてきた。そんなこと、開登さんしかできません」

「さっきも言ったよね。自分のためだよ」

おれには自分がない。大切にしたいものもなかった。だから自分を犠牲にしてでも他人を助けることで、自分の価値を感じたかったのかもしれない。それは結局、誰かのためじゃない。自分のためにしてきたんだ。

でも、可子ちゃんはおれの頭をなで続けた。

「それでも、偉いです」

その瞬間だった。

過去の記憶が、蘇ってきた。


セミの鳴き声。

そこには池があって、カモが泳いでいる。

こどものおれは、母さんとどこかの公園を歩いていた。

あのときも、母さんに頭をなでられた。

『開登は偉いね。困ってる人がいたら、今みたいに助けてあげてね』

母さんの声が、頭の中に響きわたった。


「開登さんは、偉いんですよ」

可子ちゃんにまた褒められる。

視界がにじんだ。

こらえようとするが、もう遅かった。

いともたやすく、涙がこぼれる。

可子ちゃんが驚く。

「なんでだろ。急に母さんのことを思い出して……」

感情を抑え、笑いながら涙を拭う。

「……どんな思い出ですか？」

包み込むような優しい口調で訊かれる。

「母さんと公園を歩いてたら、前を歩いてた人が財布を落としたんだ。おれはそれを拾って、その人に渡した」

「……偉いですね」

「母さんにもそう言われたよ。『困ってる人がいたら、今みたいに助けてあげてね』って。それから人を助けるようになった。母さんに褒められたくて……」

「褒めてもらえました？」

ぼんやりだけど覚えてる。

「うん。ただ、そのうち人助けしたことを母さんに伝えなくなった」

「どうして？」

「母さん、たまに家にいても仕事してたから。邪魔したくなかったんだ」

「さみしくなかったですか？」

「……さみしかった」

おれは笑ったが、可子ちゃんは哀しそうな顔をした。

こんなの、よくある話だ。

薫さんのこどももそうだったろうし、こんなこども時代を過ごした人なんて山ほどいるだろう。

だけど、可子ちゃんがおれのためにこんな顔をしてくれていると思うと、また目の奥が熱くなった。

「ほんとうは、かまってほしかったんだ。けど、母さんは忙しそうだったから……」

声が詰まり、知らない感情に支配される。

自分でも気づいていなかった思いを吐き出している。どんどん言いたくなる。

この感情に流されることが怖くなって、必死に涙をこらえる——けれど、可子ちゃんはまた、おれの頭をなでるふりをした。

「我慢しないで」

その声をきっかけに、たがが外れた。

涙が止まらなくなる。もう、どうなってもいいと思ってしまう。

「母さんは忙しそうだったから、いい子のふりをしてたんだ。じゃないと……嫌われると思った。そんな子でいないと……好かれないと……思ってたんだ……」

しゃくりあげながら言ったあと、涙で呼吸が苦しくなる。

ついにおれは、声をあげて泣いてしまう。

おれは、ずっと母さんに褒められたかったんだ――。

でも、母さんはもういないから……誰かを助けていれば、いつか天国に行ったとき母さんに褒めてもらえると思って――。

可子ちゃんが、またおれの頭をなでるふりをする。

彼女を見つめた。

夕日に照らされた可子ちゃんは、信じられないほど綺麗だった。

気がつくとおれは、自分の顔を可子ちゃんの顔に近づけていた。

可子ちゃんが、ビクッとして顔を引く。

それを見て正気に戻った。

おれは、なにをしてるんだ――。

「……ごめん」

涙を拭く。

なんてことを……また怒られる。

けれども、可子ちゃんは不機嫌そうに眉を寄せたあと、

「……いいよ」

笑った。

「ちょっと驚いただけ。わたしたち、付き合ってるんだもんね」

じっと目を合わせる。

そして今度は、お互いにゆっくりと顔を寄せた。

可子ちゃんが目を閉じる。

おれも目を閉じる。

おれのファーストキスは感触がなかった。

だけど、幸せな気持ちになった。今までに感じたことがないほど。

それは不思議な発見だった。

この世界には、こんなに幸せな気持ちになれることがあったのかと思った。

顔を離したおれたちは、夕暮れに染まる駿河湾をしばらく見ていた。

なんでみんな恋人をつくるのか、少しだけわかった気がした。


「明日の正午も、街路樹通りで」

海岸沿いの細い道で、おれは可子ちゃんに言う。

夕日も落ちかけ、あたりは暗くなりはじめていた。

「待ってる」

可子ちゃんがはにかむ。

その顔を見て心が躍った。

明日はどこに行こう——そんなことを考えるだけで、すべての未来が明るく照らされる。

歩きはじめる。

と——突然。

頭が痛くなった。

次の瞬間、目がチカチカする。

めまい？

自分の状況を把握したとたん、視界が歪みはじめた。

ふらふらして、バランスを保てない。

ダメだ。

これ以上、歩けない。

おれは、その場に倒れ込んだ——。

夢を見ていた。

いつもの夢だ。

おれは暗闇の中を歩いている。

太くて重い鎖が体中に巻きついているから、なかなか前に進めない。

真っ暗だから、どこに進めばいいかわからない。

おれは、ついに立ち止まった。


……けれど。


それでも、また歩みはじめた。

こんなところで止まってる場合じゃない。

行かないと。

おれにはやることがあるんだから――。


「……助けないと！」

体を起こした。可子ちゃんの顔が間近にある。おれは道に横たわっていた。

「大丈夫？」

可子ちゃんが不安そうな顔で言う。

「おれ、どれくらい寝てた？」

「二～三分。それより……」

言いかけ、可子ちゃんが言葉を飲み込む。

「なに？」

「……ううん、すぐに起きてよかった」

「なんだろ。めまいで倒れるなんて、今まで一度も——」

……あった。

「なに？」

「きみと出会った日の夜もめまいを起こして、いつの間にか寝てた。それで遅刻したんだ」

また不安げな顔をされる。

まずい、心配させてしまった。おれは急いで立ち上がる。

もう意識はしっかりしてる。きっとただの疲れだ。

「大丈夫だよ。おれはどこにも行かないから。きみの後悔を晴らすまでは」

笑顔でそう可子ちゃんに伝えた。

おれたちは、毎日ほんとうの恋人のように過ごした。

と言っても、普通のデートスポットには一度も行かず、ふたりで散歩をしたり、公園に行くことがほとんどだった。

可子ちゃんに自分が死んでいることを意識させたくなかったからだ。

海で倒れたあの日からも、おれはたまに頭痛やめまいを起こすことがあったけど、軽いものだったから気にしなかった。

可子ちゃんは買い物や食べ歩きをする恋人たちを浮かない顔で見つめることがあった。自分があんなことをできないから羨ましいのだろうと思ったけど、おれはこんな不自由なデートでも楽しかった。

おれたちはデートの最中、よく寄る場所があった。

タカちゃんのいる出版社だ。

タカちゃんが仕事をしている間、薫さんとちゃんこが退屈だろうと可子ちゃんに言われたのだ。そのため出版社に出向き、薫さんとちゃんこを外に連れ出して数時間一緒に過ごすことも日課になっていた。

ある日の帰り道、可子ちゃんに訊いてみた。

「なんでそんなに、薫さんを気にかけるの？」

「恩を返したいの。薫さんのおかげでユーレイが怖くなくなったから。こんな日が来るとは思わなかった」

清々しい笑顔を見せる。

「ユーレイは昔から苦手だったんだ？」

「こどもの頃から。けど、本格的に苦手になったのは高校二年から」

「その頃になんかあったの？」

「見えるようになったの」

「……見える？　ユーレイが？」

「うん」

普通に答える。

「それって……きみが生きてた頃からってこと？」

「うん。高熱を出してから急に見えるようになったの。それから外に出るのがすごく怖くなって、しばらく学校にも行けなかった」

そうだったのか。

見える人はすごくめずらしいけど、おれやタカちゃん以外にもいる。

彼女はもともとユーレイが苦手だったから大変だったろう。そのせいで高校生活もうまくいかなかったのだろうか。

「ユーレイが見える人はめずらしいけど、いないわけじゃないよ」

「そうなんだ」

可子ちゃんは、そこまで興味がないように明るく答えた。

ほかにもいると伝えることで安心してもらおうと思ったけど、もうその必要もないくらい気にしてないようだ。

おれと出会ったことで、彼女の悩みがひとつ解決したのならよかった。

と、道の先に大きなリュックを背負った青年がいた。道行く人に話しかけているけど、次々と無視されている。

——ユーレイ?

「ちょっと、ごめん」

そう可子ちゃんに言って、彼のところに向かおうとすると、

「開登くん、待って」

可子ちゃんに呼び止められる。

振り返った。

「……行かないで」

可子ちゃんに真剣な顔で言われる。

「でも……」

と再び前を見ると、青年は通行人らしき中年男性と話していた。

ふたりの声をよく聞いてみると、英語だ。英語の話せる中年男性が、青年に道を教えて

いるように見えた。

あの青年はバックパッカー？アジア系の外国人だったのか。英語で通行人たちに話しかけていたから無視されていたんだ。

「生きてる人だったんだ……よくわかったね？」

「そういう意味で止めたわけじゃないの」

おれが眉を寄せると、可子ちゃんは思いつめたような顔をして言った。

「わたしの後悔が晴れるまで、ほかのユーレイを助けないでほしい」

意外な提案だった。

彼女は自分を優先してほしいなんて言うタイプじゃないと思っていたから。

「わたしをいちばんに考えてほしいって意味じゃないの。自分をいちばんに考えてほしいの。ずっとユーレイを助けてきたんだから、たまには休憩してほしいの」

最近、自分のことについて前より考えるようになった。ユーレイはいつでも助けられるし、たまには休んでみるのもいいだろう。

「わかった。約束する」

可子ちゃんは嬉しそうに目尻を下げた。

「よかった……もうひとつお願いしてもいい？」

「……うん」

めずらしいな。こんなになにかを頼んでくるなんて。

「ユーレイ助けみたいに、『やらなきゃ』じゃなくて『やりたい』を見つけてほしいの」

可子ちゃんには、おれのユーレイ助けが『やらなきゃ』に見えてるのか。

たしかにそうかも。

ユーレイ助けは、なぜかわからないけどやっている。自分の気持ちを考える前に動いている感覚だ。

だけど……

「やりたいって、よくわからないよ」

「うん。やりたいことをやれってよく言うけど、実際に見つけるって難しいよね……だから、明日までの宿題。それを一緒にしよ」

『しよ』の声が高くて、やたらと可愛かった。

「……わかった」

答えたあと、ふと気になった。

なぜこんなことが気になるのだろうと思ったけど、しばらく頭から離れなかったから、つい可子ちゃんに訊いてしまった。

「ユーレイを助けてないおれでも……付き合ってくれるの？」

可子ちゃんは、ちょっと怒ったような顔をした。

「わたしは、ユーレイを助けてないあなたと付き合いたいんです」

なぜだか、ほっとした。

と、一組のカップルがおれたちを通り過ぎる。

可子ちゃんは彼らを憂鬱そうな顔で見つめていた。

まただ。

最近、カップルを見るとよくこんな顔をする。

けど、今通り過ぎた男女は、買い物袋も持ってないし、食べ歩きもしてなかった。

可子ちゃんは、なにを気にしてるんだろう。

「……行こ」

可子ちゃんは明るく言って歩き出した。

翌日、街路樹通りで顔を合わせた可子ちゃんに、嬉しそうに訊かれた。

「宿題はやってきた？」

「……うん」

おれは曖昧な笑みを見せる。

自分のやりたいこと——昨日の晩からずっと考えていたけど、これしか思いつかなかった。が、言いにくい。

煮え切らないおれの態度を見た可子ちゃんが、「なに？」という顔をする。

まだ早いかもしれない。

それでも——迷いながらも口を開いた。

「可子ちゃん、事故で一緒に亡くなった人にお別れを言ってみたらどうかな？」

「……お別れ？」

おれは心に留めていた思いを明かす。

「きみは……担任の先生に片思いしてたんじゃないの？　その人と歩いていたときに、一緒に事故にあったんだよね？」

可子ちゃんが目を見張る。

おれはここ数日で、彼女の後悔に見当をつけていた。

家族でも友達でも恋人でもない思い入れのある人を考えたら、担任の先生しか考えられなかった。

先生は高校時代に孤独だった彼女をいつも心配していた。そんな先生のことを彼女は好きになった。

そして彼女は、大学に入ってから先生と会うようになった。

そう仮定すると、可子ちゃんがおれに彼氏になってほしいと頼んできたことにも説明がつくのだ。

タカちゃんから聞いたことがある。

『失恋を忘れるには、新しい恋がいちばん』だと。

無意識だろうけど、可子ちゃんはおれと付き合うことで、片思いしていた先生を忘れようとしている。そう考えたらすべて納得がいった。

可子ちゃんの後悔は、『先生と付き合いたかったこと』。

けれども、先生は他界しているしユーレイにもなっていないから、もう付き合えない。

それなら、おれと過ごすことで先生を忘れてもらえばいい。どんな形だろうと、可子ちゃんの後悔が消えればいいのだ。

そのためには、まずは形だけでもいいから過去の恋と決別してほしかった。

先生に嫉妬してるわけじゃない。可子ちゃんに成仏してもらうためだ。

だが——可子ちゃんはなにも答えなかった。

「もしかして、違った?」

おれは確認する。この予想が当たっているとは限らない。

可子ちゃんは、黙って首を横に振った。

……やっぱり。

つらい現実だったから、今までは直視できなくて黙っていたんだ。彼女が先生のことを明るく話していたのもそのせいだろう。今までは死を認めてなかったんだ。

「だったら、きちんとお別れしたほうがいいと思う」

「……どうして？」

深刻な顔で質問してくる。

おれと付き合うことで彼を忘れようとしているとは言わないほうがいい。自分でも気づいていないだろうから。

「きみの後悔が、『男の人とちゃんと付き合いたい』ことだったら、少しでも彼に気持ちが残ってたら、おれとちゃんと付き合ってないってことだから」

「……彼に未練があったら、わたしが開登くんと『ちゃんと付き合ってる』と感じないから成仏できない？」

「きみは真面目だから」

可子ちゃんはしばらく考えたあと、顔をゆるませた。

「わかった。今からお別れする」

おれたちはすぐそこの事故現場に向かった。

事故現場の前に立った可子ちゃんは、やがて口を開いた。

「……ごめんなさい。ありがとう」

可子ちゃんは振り返り、おれに向かって恥ずかしそうににこっとした。

「もう……いいの？」

「うん」

やけにあっさりしている。それに、ごめんなさいって？

いや……卒業していたとはいえ、もとは教師と生徒の間柄だったんだから、先生には気持ちを受け入れられなかったんだ。それでも可子ちゃんが追いかけていたから、そのことを謝りたかったのだろう。

けど……なんにせよ、これだけあっさり別れを告げられたのだから、思ったよりも失恋の傷は深くないのかもしれない。

あとは、おれと楽しく過ごせばいいだけだ。

「それじゃ、明日また、ここで」

「……うん」

おれは歩きはじめる。

少し進んだあと、ふと振り返ってみた。

可子ちゃんは、まだおれを見ていた。今まで気づかなかったけど――。

「いつも、そうやって見てたの？」

「……うん。なんだか名残惜しくて」

離れた場所からふたりで微笑みあう。

嬉しくなる。

おれは再び、歩きはじめた。

その翌日。

これできっとうまくいく――そう思いながら、可子ちゃんに会うため家を出ようとしたときだった。

おれの足元が揺れた。

地震？

……いや、めまいだ。

まただ。しかも、海で気を失ったときより激しい。

世界がぐるぐるする。

頭に激痛。

頭痛なんてレベルじゃない。脳をナイフで刺されているような感覚。あまりの痛みに声をあげてしまう。

立っていられなくなり、膝をつく。

目の前が、真っ暗になった――。

街路樹通りのベンチに座っている可子ちゃんが見えた。

やばい。これで二回目の遅刻だ。

前はかなり怒られたから、今日はもっと怒られるかも。

急いで走っていき、彼女の前に立った。

「ごめん。またあまいがして——」

言いながら顔を見る。

可子ちゃんは怒ってなかった。

でもその代わりに——今にも泣き出しそうな顔をしていた。

唇を震わせ、大きな瞳にどんどん涙が溜まっていく。

そして、可子ちゃんが泣いた。

「もう……来ないかと思った」

声を押し殺し、涙を必死に止めようとしているのがわかった。けど我慢しても、どんどん溢れてきて止められないようだった。

前に遅刻したとき、あんなに怒っていた理由がわかった。

可子ちゃんは、おれがいなくなったと思ったんだ。

先生を失ったときと同じように、また急にいなくなってしまったと。

おれは可子ちゃんの肩にふれようとして――止めた。

普通の恋人同士だったら、こんなときは肩に手を添えたり、抱きしめたりするのだろう。

だけど、おれは可子ちゃんにさわれない。

可子ちゃんにお詫びをするために、なにかを買ってあげたり、なにかを一緒に食べたり、どこかに連れていくこともできない。

おれは、ただ可子ちゃんの隣にいることしかできなかった。

嫌な予感がした。

彼女にとって先生の存在は、おれが予想していたよりもはるかに大きなものだったのかもしれない。

このまま、可子ちゃんが彼を忘れられなかったら――。

彼女を成仏させることは、思っていた以上に難しいことのような気がしたのだ。

この予感が、外れてほしいと思った。

だけどその勘は、すぐに現実のものになった。

次の日、街路樹通りに行くと可子ちゃんがいなかったのだ。

いくら待っても現れなかった。

あの遅刻を怒ってるのかもしれない——はじめはそう思っていたけど、次の日も、その次の日も、可子ちゃんは姿を見せなかった。

おれの頭に、ある可能性がよぎる。

可子ちゃんは——成仏してしまったのか？

おれとここまで付き合ったことで、『男の人とちゃんと付き合いたかった』という願望が満たされた？

焦ったおれは街路樹通りを探し続けたが、可子ちゃんを見つけられなかった。


家にいても落ち着かなかった。

居間をウロウロとしながら考える。

……可子ちゃんが成仏した？

もしかしたら、もう会えないのか？

——あの怒った顔も。

——あの心配そうな顔も。

——あの悲しそうな顔も。

——あの恥ずかしそうな顔も。

——あの笑顔も。

もう……見ることができない？

そんなことを考えていたら、寒気が襲ってきた。

畳に座って両手で体を抱える。

おれはガタガタと震えていた。

なんなんだよ、これは。

頼むから、頼むから、どこかにいてくれ――。


その翌日も街路樹通りのベンチに座って可子ちゃんが現れるのを待っていた。

可子ちゃんと話せなくなることが、怖い。

声を聞けなくなることが、怖い。

顔を見られなくなることが、怖い。

そんなのは嫌だ――。

うつむきながら怯えていると、目の前に誰かが立った。

顔を上げる。

可子ちゃんだった。

安心したおれは深く息を吐く。脱水症状だった体に、澄んだ水が染み渡っていくようだった。

「どこにいたの？」

口角を上げ、落ち着いたふりをして訊いた。

「……ずっと考えてたの」

迷いと哀しみが混ざったような顔。

「なにを？」

「このまま一緒にいても、いいのかなって……」

泣きそうな声で言う。

「どういうこと？」

「……」

口を閉じ、言いにくそうにうつむく。

そうか。きっと可子ちゃんは——先生のことを忘れられないのだ。

彼を忘れるためにおれと付き合ったけど、それでも忘れられなかった。そんな状態でおれと付き合い続けていいのかわからなくなって、姿を消したんだ。

おれの言葉で現実を受け入れたから、自分の行動が許せなくなった。

彼を好きなまま、おれと付き合うなんて——と。

おれは急に冷静になる。

おれたちには、可子ちゃんの後悔を晴らすという共通の目的があった。

そのために恋人関係を偽装していた。本物の恋人じゃない。

これは、恋人ごっこだったんだ。

それなのに、おれだけがいつの間にか、彼女を好きになっていた。

……そうだ。『先生とはもう付き合えないから』なんて、ほんとうはどうでもよかった。

おれは先生に嫉妬してた。だから、彼女に別れを告げてもらった。

おれは可子ちゃんと一緒にいたい。

でも彼女は、同じ気持ちじゃなかったんだ。現に一度も可子ちゃんから、好きだとは言われたことはないじゃないか。

……そういうことか。

おれはいつから、こんなに思い上がってた?

わかってたはずだ。

可子ちゃんの後悔が、「先生と付き合いたかった」ことだと。彼を忘れるためおれと付き合ったんだ。おれを好きだったわけじゃない。

「……わかった。もう会うのはよそう」

「……え？」

「きみは、先生を忘れるためにおれと付き合ったんだよね？」

「……なに言ってるの？」

戸惑うように笑う。自覚してないんだ。

「失恋の苦しみを忘れるためにおれと付き合った。けど結局、彼を忘れられなかったから姿を消した。このまま付き合うのは違うと思って……」

彼女は、なにかに気づいたように目を大きくした。

それを見て予想が当たっていたと確信する。

この瞬間まで、おれを利用していたことには無自覚だったのだ。彼女は真面目だから、自覚していたらそんなことはできなかった。

自分では、ただ彼氏ができたことがないからおれと付き合って、自分がまだ彼のことを想っていたと気づいた——そう思っていたのだ。

彼女にとっておれの存在は、その程度のものだった。彼を忘れるために付き合った男だ。

「きみはおれを利用してたんだよ。彼に別れを告げたときも本気じゃなかった。それは、今でも彼のことを——」

ビンタされる。

が、透き通って当たらなかった。

可子ちゃんはおれに怒りの目を向けていた。

苛立ちや不信や哀しみや失望……その瞳には、いろんな感情が混ざっていた。

彼女をこんな気持ちにさせたのは、おれだ。

自分自身に嫌気が差す。ほんとにおれは、どうしようもないやつだ。

おれは薄く笑った。

「おれには価値があるって言ったよね?」

「……」

「おれは、こんなひどいことを言う人間なんだ。自分は変えられない。やっぱりきみは、おれを買いかぶってたんだよ」

おれは立ち上がり、歩きはじめた。

後ろから彼女の声が聞こえてきた。

「まだ話は終わってない！　逃げないでよ！」

その声を無視して家に向かった。


おれが思っていた以上に、可子ちゃんは悩んでいた。

そのヒントは出ていた。

可子ちゃんは恋人たちを浮かない顔で見つめることがあった。

自分があんなことができないから羨ましいのだろうと思ってたけど、そうじゃなかったんだ。

いつも一緒に歩いていた先生を思い出していたんだ。そして、おれと会い続けることをずっと迷っていた。

それを見落としていた。

……いや、見ようとしなかったんだ。

ずっと浮かれて、自分のことばかりを考えていたから。

彼女のことを考えていなかった。


だいたい――おれに可子ちゃんを責める資格があるのか？

たとえ片思いしていた人を忘れるためにおれと付き合っていたとして、なにが悪い？

可子ちゃんに完璧を求めているけど、自分はどうだ？

海に行ったとき、おれは可子ちゃんを通して死んだ母さんの幻を見た。

可子ちゃんに母さんを重ねたところはなかったか？

ちゃんと可子ちゃん自身を見ていたか？

ほんとうの意味では、可子ちゃんを好きになっていなかったのかもしれない――。


まあ……いいや。

こんなのおれじゃないみたいだ。
すごく居心地が悪い。
おれが人の気持ちを理解できないから、また嫌われたんだ。
いつもと同じじゃないか。
もう考えるのはよそう。
目を閉じて、寝よう。

……なんだよ。
なんで、このままにしたくないんだよ？
彼女はおれと会いたくないんだよ。
納得するしかないだろう？
なのに、なんで納得できないんだよ！
どうすればいいんだよ⁉

苛々しながら体を起こすと——玄関のほうから、ガラガラっと扉の開く音がした。
「やっぱ真っ暗だ。いねえのかな？」

「けど鍵は開いてるし……寝てるんじゃない？」

玄関から声が聞こえてくる。

「ワン！　ワン！」

なにかがおれに向かって駆けてきた。

暗くてよく見えないけど、そいつは、ハッ、ハッと吐息を漏らしながら、おれの周りを駆け回っている。

……ちゃんこ？

居間に灯りがついた。

「開登……なにしてんだ？　電気もつけないで」

タカちゃんだった。隣には薫さんも立っている。

ちゃんこがおれの周りをぐるぐる走っている。

「ふたりこそ。どうしたの？」

「やっと写真集の作業が終わりそうでな。明日の夕方に発つんだけど……おれの望遠レンズ、知らねえか？」

タカちゃんが居間をキョロキョロと見渡す。

仕事道具を忘れたから取りに来たのか。

「知らないけど」

「二階かな。薫、ちょっと待ってて」

「うん」

薫さんが応じ、タカちゃんが二階に上がっていく。

もう呼び捨てにしている。さすがタカちゃんだ。

いちおう薫さんに確認する。

「薫さん、タカちゃんと付き合ってるんですか？」

「まさか。私、こどもがいちばん大切だから。そのこと孝明にも伝えたし」

「いつ？」

「一昨日かな？　あんまり口説いてくるから、しかたなく」

タカちゃんを相手にしない女の人をはじめて見た。

でも、そんなこと言って大丈夫だったのか？

「それでもタカちゃん、シンガポールに連れてってくれるんですか？」

「うん。出版社でも近くに人がいないときはいつも話してくれたし。面倒見いいよね、あいつ」

意外だ。もう恋愛対象じゃなくなったのに。まあ、昔からこっちからなにかを頼んだら、いろいろとしてくれる人ではあったけど。

「そういえばさ——」と薫さんがちゃんこを見る。

ちゃんこはもう落ち着いて、おれの隣でお座りしていた。

「こてつって、なんで開登くんに触らないの？　私には飛びかかってくるのに」

「それは……薫さんには、さわってもらえるとわかってるからです」

「人とユーレイを見分けられるってこと？」

「というより、薫さんと公園で会ったときに抱かれたから。おれにはずっとさわれなかったから、そのうち周りを走るだけになりました」

「人間にはさわれないって諦めたってことか……頭がいいねえ、あんたは」

薫さんが高い声で言うと、ちゃんこは尻尾を振った。

「可子ちゃんとは仲良くやってるの？」

「……まあ」

沈んだ笑みを見せてしまう。

タカちゃんが二階から降りてくる。

そして望遠レンズを手に持ちながら、

「あった、あった」

「行くか。開登、頑張って生きろよ」

「タカちゃんも。薫さんも頑張ってください」

しかし、薫さんはタカちゃんに向かって、

「外で待ってて。開登くんとちょっと話すから」

なにげなく言う。

「そう……開登、またな」

タカちゃんはあっさり出ていった。

いつも通りだ。これでまた、タカちゃんとは何年も会わないかもしれない。

「それで？」

と薫さんが畳に座る。

「はい？」

「可子ちゃんとうまくいってないんでしょ？」

相談に乗ってくれるということか。

……言いにくいな。

「きみには恩があるから返したいの。私のために話してみて」

「……」

おれはしかたなく、可子ちゃんとのことを薫さんに話した。

すると、薫さんはおれの顔をまじまじと見た。

「開登くんてさ、やっぱり真面目だよね」

「真面目？」

「言われない？」

「いえ。いつもは『おかしい』とか、『変わってる』とか」

「真面目でもあるよ。変わってるのは当然として」

「当然……」

可子ちゃんにおかしくないって言われて嬉しかったのに、ゼロに戻った気分だ。

「まあいいや。まずさあ、きみが気にしてる『女性に母親を重ねる』って良くあることだよ」

「……そうなんですか？」

「女だって男性に父親を重ねる人もいるだろうし、はじめは誰だってそんなもんよ。徐々にほんとうの相手を見ていけばいいの。それが付き合うってこと」

薫さんは当然のように言う。

「それに、可子ちゃんもそんなきみを嫌がってたわけじゃないんでしょ？」

可子ちゃんは、母さんを思い出したおれの頭をなでてくれた。

「……はい」

薫さんは表情をなごませた。

「よし。次の問題。こっちのほうが重要なんだけど……開登くんはこてつと似てるの」

理解できず、眉を寄せる。

「他人にふれようとしないのは、自分が傷つきたくないから」

「……」

「ほんとうに大切なものを手放さないでね。こてつ、行くよ」

薫さんが立ち上がり、ちゃんこと居間を出ていこうとする。

「あ……薫さん」

と呼び止めると、薫さんがおれを見た。

「おれは……どうすれば？」

「自分のことになるとぜんぜんダメね。別れ際、可子ちゃんが言ってたんでしょ？」

薫さんは笑顔を浮かべ、ちゃんこと出ていった。

ひとり残されたおれは、可子ちゃんの言葉を思い出した。

『まだ話は終わってない！　逃げないでよ！』

おれは、逃げたんだ――。

可子ちゃんはまだ、話を続けようとしていたのに。

彼女が自分と同じ気持ちじゃないと思ったから逃げたんだ。

まだ、可子ちゃんの気持ちを確かめてはいない。自分の気持ちも話していない。

今までしてこなかった。

ぶつかるのが怖いからごまかしてきた。適当にやり過ごしてきた。

どこかで向き合わないといけなかったんだ。

可子ちゃんの気持ちを確かめないと。これから先、どうすればいいのか決めないと。

どんな結果になろうと。


翌日の正午。

おれは、街路樹通りのベンチに座っていた可子ちゃんの前に立った。

「ごめん。また、もう来ないかもって思わせちゃったよね」

可子ちゃんはおれを見つめながら、黙ってかぶりをふる。

「少し、歩かない？」

おれは可子ちゃんを誘った。

ふたりで街路樹通りを歩く。

おれが右側で可子ちゃんが左側。いつもの定位置だ。もう何年も一緒に歩いているように感じる。

今まで気づかなかった。こうしていると、ほんとうに落ち着く。

「これからのことを話し合いたいんだ」

「……わたしも」

おれは正直に伝えることにする。

「きみの後悔が『先生と付き合いたかったこと』だとしても、『男の人とちゃんと付き合いたかったこと』だとしても、後悔が晴れる可能性が少しでもあるのなら、このままきみと付き合いたい。きみがおれのことをどう思っていてもいい」

可子ちゃんが大きな瞳でおれを見つめる。

「それに……気づいたんだ。きみの後悔ははっきりとはわかってない。なにかの拍子にその後悔が晴れて、急にきみが消えてしまう可能性もある」

「……うん」

「これって、生きてる人も同じだと思う。生きてる人たちも、突然死んでしまうこともある」

彼女も、彼女の担任の先生もそうだった。

交通事故で、急に命を失ってしまった。こんなこと、誰にも予測できなかった。

「だからこそ、一瞬一瞬を後悔のないように過ごしたいんだ。一度付き合ったんだから、ちゃんと付き合って、ちゃんと別れたいんだ」

しばらくおれを見つめたあと、可子ちゃんは答えた。

「……わかった」
可子ちゃんが微笑む。
彼女はまだ、先生のことを想っているだろう。
だから、おれと会い続けることも迷っているかもしれない。
それでもいい。
そのことでこれから自分が傷つくとしても、もうかまわない。
いつどうなるかわからないんだから、後悔しないように生きたい――。
おれは歩きながら、彼女の右手を握るふりをした。
可子ちゃんが驚いた顔をする。
「後悔はしたくないんだ」
彼女は眉間にしわを寄せ、怒ったような顔をしてうなずいた。
ふたりで手をつなぐふりをして、歩く。
そのとき――素直な思いが、湧き水のように溢れ出てきた。
おれの中にたしかに芽生えた、やりたいことだった。
これからは、もっと自分を大切にしよう。
自分の体を大切にしよう。

最近よく起こる、頭痛もめまいもどうにかしよう。すぐにでも病院に行こう。

自分の気持ちも大切にしよう。

やりたいことをもっと見つけよう。

このまま死ねない。

彼女と会うために。

彼女を幸せにするために。

このまま別れたくない。

彼女をこの手で幸せにしたい——。


足を止めたおれは手を離し、可子ちゃんを見つめた。

彼女も立ち止まり、神妙な顔つきになる。

おれはまだ、自分の気持ちをはっきりと伝えていない。

伝えるんだ。後悔しないために。

「おれ——」

「開登くん」

可子ちゃんが遮り、おれの顔を見上げた。

「大事なこと言うね。わたしも後悔しないために」

先生のことかもしれない。
聞きたくないけど逃げたらダメだ。聞いた上で、ちゃんと向き合うんだ。
「開登くん――」
その光は――
ユーレイが成仏するときに見える、黄金色の輝きだ。
今まで、なんども見てきた光。
そのとき、体が光った。

おれの体から出ていた。
可子ちゃんの体からじゃない。
おれの体だけが、光っていたのだ。
「なんで……」
おれを包む優しい光を見ながら、思わず声を漏らす。
可子ちゃんの瞳がうるみ、みるみる涙が溜まっていった。
瞬きすると、大きな雫(しずく)が地面に向かって落ちた。

「……黙ってて、ごめんなさい」

涙声で言う。

おれはすべてを理解した。


「死んでいるのは——きみじゃなくて、おれなのか？」


あの日の記憶が蘇った。

まるで映画の早送りのように、次々と頭の中に映し出されていく。

点と点の間に線が描かれていき、ものすごいスピードでひとつにつながった。

おもむろに口にする。

「きみは、おれを旅立たせようとしてたんだね？」

可子ちゃんはなにも答えず、ただ泣いている。

おれはしゃがみこみ、大きく息を吐いた。

「よかった……死んでたのが、きみじゃなくておれで——」

可子ちゃんは綺麗な顔をくしゃっとさせた。

「なんで……最後まで……そんなこと」

嗚咽(おえつ)を漏らしながらなんとか声をあげる。

勘違いさせてしまった——そういう意味じゃないんだ。

おれは立ち上がった。

「いや、死にたいわけじゃないんだ。きみのおかげで、はじめて生きたいと思った。だから前向きなんだ。ややこしい話だけど」

おれは笑顔を見せる。無理に見せたわけじゃなく、自然とにじみでていた。

こんなふうに笑えたのは、きっとはじめてだ。

「不思議な気分なんだ。すごく満たされてる。こんな気持ちになれてるのは、きみのおかげだってことはわかる」

「……わたしには後悔があるの。それを晴らしてよ。最後まで責任持ってよ！」

おれを引き止めようとしている。

けれど、それは無理なんだ。たくさんのユーレイを見送ってきたからわかる。こうなったらもう止められないんだ。

それに……彼女のほんとうの後悔はわかっている。

彼女の体はたしかにここに存在してるけれど、その心は透き通るように澄んでいた。

だからこそ、今までずっとその後悔を抱え続けてきたんだろう。

やっと、透明なきみの後悔を見抜くことができた。

「おれに謝りたかったんだよね？　あと、お礼も。それが、きみのほんとうの後悔だった。だから言ってよ。きみが死んだあとユーレイになったら困るから」

「……」

「もう時間がない」

彼女は苦しそうに目を閉じ、すぐに開いた。

「わたしのせいで……ごめんなさい。助けてくれて……ありがとう」

涙でまともに声が出ないようだったけど、おれにはちゃんと伝わった。

おれも、最後に言わないと。

「きみは自分の性格が悪いって言ってたけど、そんなことはないよ。おれは好きだった。きみに怒られたときは、いつも心地よかった」

「わたし……」

「おれのこと、好きなふりをしてくれてありがとう……元気で」

「待って！　まだ伝えてないことがあるの。わたし――」

「さよなら」

おれは、消えた。

第四話「透明なきみの後悔を見抜けない」

あれから一ヵ月後――。
わたしはあの街路樹の前に立っていた。
手を伸ばし、そっと街路樹にふれる。
そして胸の中で、彼に語りかけた。

――開登くん。
わたしの声、届いてるかな？
あれから毎日、いろんなところに行ってあなたを探してるよ。
あなたのいそうな場所を、ひとりで歩いてまわってる。
けど、やっぱりどこにもいないの。
当たり前だよね。
あのときあなたは、たしかにわたしの目の前で旅立ったんだから。
それでも、やっぱり探しちゃうの。
あなたがどこかにいるような気がして――。

こうなったのは、わたしのせいなのにね。

もしも、時間を巻き戻せたら。

あの日、わたしがあそこにいなかったら……。


あの日――。

わたしは街路樹通りの車道をひとりで歩いていたの。

突然、後ろから大きな声が聞こえた。

「きゃあ！」

「危ねえな、ばかやろう！」

振り返ると、車道の先から車が走ってきた。

声をあげたカップルは、その車に向かって怒っていた。ふたりに車が当たりそうになったようだった。

車はスピードを上げながら、わたしに迫ってきた。

あとから警察の人に聞いた話だと、この時点で運転手は心臓発作を起こして亡くなってたんだって。他界した運転手の右足が、アクセルを踏み続けたんだろうって。

どんどん車が近づいてくるけど、わたしは恐怖で体が動かなかった。

車はわたしの目前まで迫った。

けど目を閉じた瞬間、誰かに体を押されたの。

ドン!!

聞いたことのない衝撃音が響いた。

わたしにぶつかった音じゃない。

わたしは誰かに押されたから、中央の遊歩道に突き飛ばされて、街路樹に頭をぶつけていた。

車は別の街路樹に衝突して、ボンネットから白い煙をあげていた。

ボンネットの上には、男性の体が乗っていた。

朦朧としながら、その人の顔を確認した。

それが――あなただった。

わたしの少し先を歩いていた開登くんは、見知らぬわたしを中央の遊歩道に突き飛ばし、自分が身代わりになって車にはねられた。

すぐに救急車が来て、あなたは蘇生処置を受けながら救急車に乗せられた。

そのあと到着した別の救急車にわたしも乗せられた。

わたしは病院で診察を受けたけど、軽い脳しんとうを起こしていただけだった。

お医者さんにあなたの安否を確認すると、その場で電話をして確認してくれた。

別の病院に運ばれたあなたはまだ処置を受けているけど、「非常に危険な状態」だと言っていた。

あなたの運ばれた病院に急いで向かった。

けれど、その途中に通りがかった街路樹通りで、信じられない光景を目にした。

事故現場に、あなたが立っていたの。

あなたはほかの人たちと一緒に、まだ騒然としている事故現場をものめずらしそうに見ていた。

わたしは混乱した。

まだ病院にいるはずなのに……処置が成功した？　だとしても病院から出てくるのが早すぎる。

とにかく声をかけないと——。

そう思って近づこうとすると、通行人があなたの体をすり抜けた。

そして、あなたはその場からパッと姿を消した。

その瞬間にわかった。

病院で処置されていたあなたは命を失い、ユーレイになってしまったのだと。

わたしは放心状態で家に帰った。

あなたのご遺族に会う気にも、お葬式に出る気にもなれなかった。そんな勇気はなかった。

わたしが、あなたを殺したも同然なんだから――。

罪悪感に悩まされたわたしは、あの事故現場でユーレイのあなたを探すようになった。

でもあの日以来、あなたを見つけることはできなかった。

わたしは事故現場に花を供(そな)えるようになった。

毎日毎日、あの街路樹であなたに謝罪をしていた。

それしか、できなかった。

だけどある日――奇跡が起こった。

いつものように事故現場であなたに謝っていると、小さな柴犬に吠えられた。

驚いていたら、誰かに声をかけられた。

その人はわたしの体を通り抜けて転んだ。

『驚かせてすいません』

『えっ……なに?』

あなたがいた。

わたしを助けてくれたあなたが、目の前にいた。

しばらく目の前で起きていることを理解できなかった。

あなたは、わたしが死んでいると思い込んでいた。

わたしの体をすり抜けたことで、自分の体ではなく、わたしの体が透けていると勘違いしていたの。

『……後悔を晴らしたら、どうなるんですか?』

『成仏……じゃなくて、幸せになれます』

あなたはわたしの後悔を晴らし、旅立たせようとしていた。

どうしていいかわからなかったから、ユーレイのふりをすることにした。

わたしを助けてくれたあなたに、自分が死んでいることを気づかせて哀しませたくなかったから。

そして、あなたに言われるまま高校に行った。


『死んでたかもしれないんですよ!?』

『けど、大丈夫だったし。そんな簡単に死なないよ。それに、おれが死んだって悲しむ人はいないだろうし』

『人は簡単に死にます！　病気になるかもしれないし、事故に遭うかもしれないし……自分のこと、もっと大切にしてください！』


あなたは、屋上から落ちそうになったわたしを助けようとした。

またわたしのせいで命を落としてしまった——瞬間的にそう思って怒ってしまった。

自分の命をもっと大切にしてほしかったの。

事故のときも、わたしなんかのために簡単に命を投げ出さないでほしかった。

わたしは、また自分を責めた。

この人を殺したのは、わたしなんだって——。

『このまま後悔を晴らさなかったら、どうなるんですか?』
『今のまま。ただ、それはいいことだとは思えない』
けれど、あなたはもう生き返らない。
だったらせめて、わたしの手で旅立たせようと思った。
それが唯一、わたしの果たせる責任なのだから。
でも。
『後悔って普通はどんなことですか?　あなたにも、そういうことはありますか?』
『後悔がないことが後悔。いつ死んでもいいと思ってるから』
あなたがなにを後悔しているか、わからなかった。
だから、決めた。
『わたしの——彼氏になってくれませんか?』
あなたにとって最も近い存在になれば、その後悔がわかるかもしれない。

わたしはあなたの恋人になった。

助けてもらった恩返しをするために——。

それでも時折、本音が出そうになった。


『なんで遅れたんですか⁉』


はじめてのデートであなたが遅刻したときは、あの事故の日のように急に消えてしまったと思って不安になった。

なんの恩返しもできていないのに、またわたしの前から消えてほしくなかった。

『あなたはわたしを助けてくれた。少なくともわたしは、そんなあなたを普通の人以上に価値があると思ってる。だから自分を大切にしてほしいんです。薫さんと結婚したらダメです。あなたは好きな人と結婚しなきゃダメです！』

わたしを助けてくれたあなたには、自分の気持ちを大切にしてほしかった。

『一緒にいたのは、彼氏？』

『……違います』

事故現場で亡くなったのは、あなただけだった。

事故の瞬間を見た人がわたしたちを恋人同士だと勘違いして、その話が回り回って「あの事故現場でカップルのユーレイが出る」という噂になったんだと思う。

わたしたちは友人ですらなかった。たまたまあなたが、車にひかれそうになった赤の他人のわたしを助けただけだった。

そんな真実を必死に隠しながら、あなたの後悔を探った。

そして、一緒にいるうちに気づいた。

あなたは、なにかに突き動かされてユーレイを助けている――。

そうしないといけない理由がある。自分では気づいてないけど、大きな苦しみを抱えている。

やがて、あなたがそうなってしまったわけを知った。

『母さんは忙しそうだったから、いい子のふりをしてたんだ。じゃないと……嫌われると思った。そんな子でいないと……好かれないと……思ってたんだ……』


その理由は、お母さんにあった。

あなたはこどもの頃、忙しく働いていたお母さんとほとんど一緒にいなかった。たまにお母さんが家にいたときも、あなたはいい子のふりをしていた。

条件付きの愛――。

いい子を演じていないと、お母さんに愛されないと思っていた。

なにもしない自分が愛された実感を持ったことがないから、ただの自分には価値がないと思っている。

だからあなたは、ユーレイを助けてきた。

誰もやろうとしない過酷な仕事をすることで、自分に価値を見出そうとしてきたの。誰かを助ける自分でいなければ価値がないと思っている。そんな役割がないと生きてこられなかったの。

それは、あなたが愛を求めていたから。

そうは見えないけど、誰よりも愛に飢えている。じゃないと、そんな自分でいようとはしない。そこまで無理をして、ユーレイを助けてこなかった。
あなたの後悔は——「愛に満たされること」。

きっと自分では気づいていないけれど、それ以外はないと思った。

だったら、あなたのことを愛で満たせたら、旅立てるかもしれない。

どんな愛でもいい。家族愛でも、友愛でも、恋愛でも。

そのためには、まずは、ありのままの自分に価値があると思ってほしかった。

ただの自分でも愛されるに値する人間だと思ってもらわないと、他人からの愛を感じられない。

実際、あなたにはそれだけの価値がある。

環境にも恵まれず、自分が苦しんでいることにすら気づいていない。

そんなつらい人生にもかかわらず、自分にできることを選んで、精一杯、頑張ってきた。

こんな頑張り屋は、ほかにはいないんだから——。

『きみは……担任の先生に片思いしてたんじゃないの？　その人と歩いていたときに、一緒に事故にあったんだよね？』

『……ごめんなさい。ありがとう』

たしかに担任の先生には良くしてもらってたけど、あくまで教師と生徒の関係で、恋愛感情なんて持ったことはなかった。

わたしの高校卒業と同時に、先生は家業を継ぐために教師を辞めて北海道の実家に戻ったの。すごく尊敬していたから残念だったしさみしかった。遠くにいるから卒業してからは一度も会ってないんだ。

先生のことを何度か話したから、あなたはなにか勘違いをしたのかもしれない。

だけど、そのことを話したらあなたは真実に近づくかもしれないから、あなたに話を合わせたの。

あのとき事故現場で言ったのは、あなたに向けた言葉だった。

『わたしのためにごめんなさい。わたしを助けてくれてありがとう』

そう伝えたかった。

今はまだ、ほんとうのことを言えない。このままあなたに自分が死んでいると気づかせずに後悔を晴らしてもらいたい。

たとえ、どんな嘘をついても。嘘の恋人同士を演じても。

それが、あなたへの恩返しなのだから――。
そう覚悟をしていたつもりだった。
なのに……やがて迷いはじめた。
街を歩く恋人たちを見ていると、どうしても思ってしまった。

わたしと一緒にいればいるほど、あなたが消えてしまう確率は高くなっていく。
このまま関係を深めたら、あなたが消えてしまう。
けど、それがほんとうに、あなたにとって幸せなのかって――。

あなたは、今までずっとつらい思いをしてきた。
それなのに、やっと普通に生きられるようになった瞬間に消えてしまう？
そんなの、あまりにも不条理すぎる。
わたしは、どうしていいかわからなくなっていった。
別れ際、わたしはいつもあなたの後ろ姿を見ていた。
『いつも、そうやって見てたの？』
『……うん。なんだか名残惜しくて』

後ろ姿を見ていた理由は、わたしと別れたあと、あなたはいつも急に消えてたから。
比喩じゃない。ほんとうに神隠しみたいに、その場からパッと消えていたの。
その光景を見るたびに怖くなった。
なにかの拍子にあなたの後悔が晴れたら、急に消えてしまう。
その可能性を考えると、怖くてたまらなくなった。
わたしがあなたの人生をほんとうの意味で終わらせてしまう。
そう考えると、どうしようもなく怖かった。
そして、あなたが二度目の遅刻をしたあの日――。

『もう……来ないかと思った』

待っている間、居ても立ってもいられなかった。
今度こそ、旅立ってしまったと思ったの。

耐えきれなくなったわたしは逃げ出した。
かといって、このままだったら、あなたはまたユーレイを助けようとする。

あなたは、苦しいまま。

なにも解決はしていない。

『失恋の苦しみを忘れるためにおれと付き合った。けど結局、彼を忘れられなかったから姿を消した。このまま付き合うのは違うと思って……』

あのとき、あなたの思っていたことをはじめて知った。

まだ自分に価値がないと思っているから、あんな言葉が出たのだと思った。

やっぱり、このまま放っておくことはできなかった。

けど、わたしとまた会うことを選んでくれたあなたは覚悟を決めていた。

『だからこそ、一瞬一瞬を後悔のないように過ごしたいんだ。一度付き合ったんだから、ちゃんと付き合って、ちゃんと別れたいんだ』

その通りだと思った。

このまま会わずにいても、いつあなたが消えてしまうかは誰にもわからない。

わたしも覚悟を決めた。

自分の手でちゃんとあなたを旅立たせよう——。

『後悔はしたくないんだ』

わたしも後悔はしたくない。
ほんとうのことをぜんぶ言おう。
言わないままあなたが消えたら、それこそずっと後悔する。
『開登くんは、もう亡くなってるの』
そう打ち明けようとしたとき——あなたの体が光った。
想像していたよりもはるかに早く、そのときが来てしまったの。
あなたは、わたしの前から消えた。
旅立ってしまった。もう二度と、話せなくなった——。

……だけどね。

開登くんには、まだ伝えたいことがたくさんあったんだよ。言いたくても言えなかったことが、たくさんあったんだよ——。

＊

開登くんの顔を思い浮かべながら、わたしは街路樹をあとにする。

そしてわたしは、今日も彼を探しに行く。

街路樹通りで、下校している小学生の女の子たちを見かけた。

立ち止まって彼女たちを見つめる。

また歩きはじめ、心の中で彼に伝える。

＊

——開登くん。わたしね、すっごく真面目なんだよ。

そんなのわかってたと思うけど、開登くんが思っていた百倍は真面目だと思う。

こどもの頃から、それは変わらない。

小さい頃は、いつもお母さんの後ろにくっつきながらおどおどしてて、自分の意見なんてぜんぜん言えない子だった。

すごく内気だったから友達をつくるのも下手だった。

そんなわたしに、お母さんはいつも優しく言ってた。

『自分のことは自分で決めなさい』って。

だから小学校に上がってからは、なんとか自分のことは自分で決めるようにしてたんだけど、相変わらず大人しくて友達はできなかった。


六年生の頃、児童会長に立候補したことがあったの。

嫌でしかたなかったけど、クラスの子たちに推薦されて断れなくて、全校児童の前で演説した。でも緊張してうまく話せなくて、結果は落選。

悔しくて、恥ずかしくて、情けなくて、女子トイレに入って泣いてたら、洗面台の前で話してる女の子たちの声が聞こえてきた。

『委員長、やっぱり落ちたね』って。

みんなでわたしのことを笑ってた。

その女の子たちは、わたしのことを落選させたくてわざと立候補させてたの。

わたしのことを『委員長』とか『ガリ勉』とか『鉄仮面』って、変なあだ名をつけて呼んでた。

人間らしくないんだって、わたし。

喜怒哀楽もうまく表現できないし、人に話しかけられたら緊張してむすっとしちゃうし、自分から話しかける勇気もなくて、その頃もいつもひとりだった。

おどおどしてただけなのに、周りを見下してて真面目で面倒なやつって思われてたみたいなの。

自分がこんなに嫌われてたんだって、そのときにはじめて知った。

すごくショックで、自分が誰からも必要とされてないって思って落ち込んだ。

それからは、ますます自分の殻に閉じこもって消極的になった。

それでも、自分の人生は自分で決めなきゃって思ってたから、勉強だけはしてたの。

勉強は裏切らないから。

自分だけを信じればいいから楽だった——。

＊

わたしはあの夜に開登くんと忍び込んだ高校の前で立ち止まる。

グラウンドでは野球部が練習をしていた。

今日も彼の姿は見当たらない。

校舎を見つめながら、また開登くんに伝えはじめる。

＊

——頑張った甲斐(かい)もあって、行きたい高校に入れたけど、ぜんぜん楽しくなかった。

相変わらず、誰に話しかけられてもむすっとしちゃうし、自分から話しかける勇気もなくて、いつもひとりだったから。

昼休みに屋上に行ってるクラスの子たちが、いつも羨ましかった。

わたしも輪の中に入りたかったけど、勇気がなくて、いつも黙って見てるだけで。

だけどね、キャラをつくったり自分を周りに合わせる気にはなれなかったんだ。

これがわたしだから。

自分を諦めることは、どうしてもしたくなかった。

自分に嘘をつきたくなかったの。

こんな自分のまま、どうにかして成長したかった。

ただ、どうしていいかわからなくて、時間だけが過ぎていった——。

＊

わかっているのだ。彼がもうこの世界にはいないことを。

それでも、わたしは今日も駿府城公園の西門橋についた。

橋の上に立って、桜の木を見つめる。

今は冬だから花は咲いていないけど、あのときは咲きはじめた頃だった。

＊

――高校二年のときに、高熱を出してユーレイが見えるようになった話はしたよね。

はじめて見たのは、この橋の上だった。

熱が下がって学校に向かってるときに、この橋の上で歩いてる人たちに声をかけている男の人を見かけたの。スポーツジャージを着た人だった。

みんなに無視されてて可哀想だったから、緊張しながらその人に話しかけたら、

『自分が誰なのか思い出せない』って言うの。

警察に連れていかなきゃって思ったら、その男性の体を歩いていた人が通り抜けた。

わたしは怖くなって逃げ出した。

それからは、外で似たような状況の人を見かけても素通りするようになった。

やがて、家を出ることも怖くなって学校を休むようになった。

そんな自分が、嫌でしかたなかった。

小さい頃から真面目って言われてきたけど、それが唯一の取り柄だとも思っていたから。

目の前に困っている人がいても助けない卑怯な自分に、心底、嫌気がさした。

学校も楽しくないし、友達もいないし、ユーレイも怖くて家から出たくない。自分を支えていた唯一の取り柄も失ってしまった。

もう、なにもかもが嫌になった。

登呂公園で先生と会ったのは、その時期。

ユーレイが見えることを話そうと思って行ったんだけど、勇気がなくて言えなかった。

先生やお母さんには無理に行かなくていいって言われたんだけど、せっかくここまで勉強してきたんだから、それを無駄にしたくない気持ちも残ってて、三者面談の日に久しぶりに学校に行ったの。

先生はわたしのために、ほんとうにつらそうな顔をして言ってくれた。

『このままだと、希望の大学に入るのが難しくなる』って。

わたしのお母さん、中学教師なの。

わたしもお母さんみたいな教師になるのが夢だった。

先生はそのことを知ってたから、はっきり言ってくれたの。

わたしの通ってた高校は欠席日数が全体の三分の一を超えると留年になる。そうなると大学には進学できないって。

このままじゃいけないって思ったけど、まだ高校に行く気にはなれなかった。

あの頃は、ほんとうに自暴自棄になってたから。

その三者面談の帰りも、お母さんは相変わらず「自分のことは自分で決めなさい」って優しく言うだけだった。

そのあと、お母さんが『喫茶店に寄りたい』って言った。

お母さんの恩師の甥だという人から、『叔父の話を聞きたい』って連絡があったって言うの。

その話を聞いたときに、はじめて知った。

お母さんにも不登校の経験があったってこと。

驚いた。

お母さんはいつも朗らかで、行動的で、友達も多くて、完璧な人だったから。

『その先生に助けられた』って、お母さんは言ってた。

その話がすごく気になったから、わたしも喫茶店についていくことにしたの——。

＊

わたしは雑居ビルの二階にある喫茶店を見つめる。

ここにも、彼はいなかった。

フルーツサンドがすごく美味しいお店。

そう——あの日だった。

あれから、わたしの人生は変わった。

＊

——喫茶店のある雑居ビルの前に着くと、リードをつけていない柴犬がお座りしていた。

ワン！　って一回だけ吠えてきたんだけど、そのまま動かなかった。

二階の喫茶店に入って席まで行くと、若い男性がいた。

それが——開登くんだった。

第一印象は、青いライダースを着てヘラヘラしてる、ちょっと危なそうな人。

でも、話しはじめたら礼儀正しいし、お母さんと恩師のことを一生懸命に訊いて、優しそうだった。

話を終えてお母さんと店を出ようとすると、通路に男の人が立っていた。

スポーツジャージを着てる男性。

見覚えがあった気がした。

その男性がお母さんをよけたときに、ふたりの腕が重なった。

だけど、当たらなかったの。お母さんの腕が、男性の腕をすり抜けた。

その男性はユーレイだった。

そのときに思い出した。

何ヵ月か前、わたしは橋の上で彼に話しかけたけど、ユーレイだとわかって怖くなって逃げ出したの。

振り返ると、開登くんが男性を見ていた。

もしかしたらと思って、お母さんが喫茶店を出たあと、わたしだけ店内に残った。

開登くんは、男性と話していた。

とても、穏やかな顔で――。

店を出たわたしは、お母さんに先に帰ってもらって、開登くんが出てくるのを待った。
どうしても知りたかった。
なんであんなに穏やかな顔で、ユーレイと話せるんだろうって。
その秘密がわかったら、わたしもユーレイと普通に話せるかもしれない。
逃げ出さなくてもすむようになるかもしれない。
ユーレイの問題を乗り越えられるかもしれないと思ったの。
人生を諦めかけていたわたしに、小さな光が見えた。
店から出てきた開登くんは、柴犬と一緒に歩きはじめた。
わたしはあとをつけて、そのまま開登くんの家までついていった——。

＊

わたしは開登くんの家の前から、縁側のある部屋を見つめていた。
カーテンは閉められていないから、ここから中が見える。
家には誰もいないようだった。
わたしは、また歩きはじめた。

＊

――開登くんと出会った日、家に帰ったらお母さんにはじめて訊かれたの。

『お母さんに、なにか不満があるの？』って。

その日まで、お母さんは学校を休んでいたわたしになにも言わなかった。

今思うと、開登くんと会ったことで、当時、学校を休んでいた自分のことを強く思い出したからだと思う。

お母さんのことが学校を休んだ理由じゃなかったし、お母さんのことは好きだったんだけど、ずっとモヤモヤしていたことはあったから言ったの。

『小さい頃から、お母さんに「自分のことは自分で決めなさい」って言われてきたことが、わたしはさみしかった』って。

ずっとお母さんにそう言われてきたから、いつも自立しようとしてきたけど、ほんとうはもっと頼りたかったから。

なにげなく言ったことだったけど、いざ話しはじめたら、なぜか涙がぽろぽろ出てきて、最後のほうは怒るように訴えてた。

そのときに気づいた。

わたしはこのことをずっと言いたくて我慢してたんだなって。

そしたらね、お母さんも泣いちゃった。

『ごめんね。可子には好きに生きてほしかったの』って。

お母さんは学生時代、おじいちゃんにずっと『勉強でいちばんになれ』って言われてきて、いろんなことを自分で決められなかったらしいの。自分みたいな思いを、わたしにもしてほしくなかったって。

でも、間違ってたって言ってた。

わたしの自主性を伸ばすことにとらわれすぎてたって。頼れる人がそばにいるとわかってもらうことも必要だったって。

その話を聞いたときに思ったの。

もしかしたらわたしは、自立しようと強く思うことで、自分から他人を遠ざけていたのかもしれないって。

それまでの人生でも、わたしに話しかけてくれる子はいた。

わたしが真面目で面倒でむすっとしてようが、歩み寄ってくれる人はいたの。

ただ、自分からシャットアウトして深くは踏み込めなかった。

わたしはお母さんの言葉の意図を履き違えていたかもしれない。

『自分のことは自分で決めなさい』という言葉を、『人に頼ってはいけない』って——。

その日はふたりで一晩中、泣きながら話した。

お母さんには、そのことが学校を休んだ理由じゃないことも言ったけど、『ユーレイが見えるから』とはどうしても言えなかった。

信じてもらえるかわからないし、お母さんに心配をかけたくなかったから。

お母さんは『話したくなったら、話してね』って言った。

そして、

『人生は、いつからでも、いくらでもやり直しがきく』って言った。

その言葉がすっとお腹に落ちてきた。

お母さんも、中学校を休んでいたときに恩師からそう言われて救われたって言ってた。

それまでは消極的で友達もいなかったけど、それから変わろうと思ったって。

その話を聞いて勇気が出た。

お母さんも変わったんだから、わたしも変われるかもしれない。

今はまだ無理だけど、いつかユーレイが怖くなくなるかもしれない。今は友達もいないけど、いつか友達もできるかもしれないって。

また学校に行くようになったわたしは、家でメイクの練習をするようになった。

ファッション誌を買って洋服も買うようになった。

いつか変われるかもしれないから、そのときのために準備をしようと思った。

もしかしたら明るいかもしれない未来を夢見て——。

それからは学校が休みの日になると、開登くんの家の前で待ち伏せして、いつもあなたの後ろを歩いた。

どうしても、開登くんみたいにユーレイと穏やかに話せるようになりたかったから。

わたし、ストーカーみたいだよね。

……ごめんなさい。話しかける勇気がなかったの。

後ろを歩くうちに、だんだん開登くんがどんな人かわかった。

名前は、百鬼開登。

歳はわたしより三つ上の二十歳で、大学生。

いつもユーレイを助けている。

柴犬の飼い主を探している。

そして——すごく優しい。

一度だけ、つけ回してたことがばれそうになったこともあるのよ——。

＊

わたしは常磐公園の前で立ち止まる。

公園には、噴水を見ているカップルがいた。

噴水を見つめながら、開登くんに語り続ける。

＊

——いつも後ろを歩いていたらばれそうだから、たまに開登くんの前を歩くこともあったんだけど、常磐公園の前でユーレイになった女の人と目が合って声をかけられたの。『あっ！　あんたは見えるでしょ？　ねえ、なんで無視すんのよ！』って。

わたしが逃げたあと、開登くんは彼女に話しかけてた。

翌日に駿府城公園で彼女たちが踊ってた姿も、離れたところからわたしは見てたんだよ。

彼女たち、踊ったあとに、ほんとうに幸せそうな顔をして旅立ってたよね。

その日のことだった。

あの事故が起きたのは——。

彼女たちを旅立たせたあと、あなたは街路樹通りを歩いていた。

その後ろを歩いていたわたしに、車が突っ込んできた。

そして開登くんは、わたしを助けるために自分が犠牲になった。


それからわたしは毎日のように、あの街路樹で開登くんに謝り続けた。

そこにあなたがいるわけじゃないのに、声に出して謝った。

けどね、謝罪とお礼の言葉だけを言ってたわけじゃないんだよ。いつの間にか、その日の出来事も伝えるようになってたの。

なんでだろ……たしかに自分のことはすごく責めたけど、開登くんはわたしを恨んでない気がしてた。

謝っているときは、いつも開登くんの笑顔を想像してた。

あの街路樹で開登くんに言ってたこと、今でも覚えてるよ。


『今日もユーレイを見かけたんだけど、やっぱり怖くて話しかけられなかったです。なんであなたは、あんな穏やかな顔で話せてたんですか？』

『相変わらず、高校ではひとりぼっちです。あなたには、たくさん友達がいたんだろうな。あんなに優しいんだもん』

『大学に合格しました。入学したら、もっとおしゃれしてメイクしてみます。そうすれば、友達もできるかもしれないから』

『やっぱりうまく話せません。人と話すとどうしても緊張してむすっとしちゃうんです。大学に入って半年も経つのに、まだひとりも友達ができてません』

『わたし、今日で二十歳になったんですよ。あの頃のあなたと同じくらいの歳になったかも。あれからもう三年も経ったなんて信じられません』

いつも一方的だったけど、開登くんと話してるみたいで楽しかった。

けど、やっぱり自分を責めるときもあって、事故現場であなたを思い出して泣くこともあった。

そんな、泣いていた日だった。

街路樹の前で柴犬に吠えられた。

どこかで見たことがあると思って戸惑っていたら、男の人がやってきて、わたしをすり抜けて目の前で転んだ。

また、開登くんと会えた――。

そしてわたしは、あなたを旅立たせようと思った。


開登くんと実際に話したら、思ってた人とちょっと違った。

わたしと同じで友達もいなかったし、自分のことを少しも大切にしてなかったし、わたしが思っていたよりも、はるかに切迫した状態でユーレイを助けてた。

ずっと憧れてたこともあって、薫さんと結婚するって思ったときはショックだったから『おかしい』なんて言っちゃったけど、そのあとにわかった。

ユーレイを助ける自分でいないと生きてこれなかったんだよね。

ほんとうに偉いと思う。

強いと思う。

ずっとひとりで、頑張ってきたんだから――。

＊

街路樹通りに戻ってきたわたしは、彼が旅立った場所に立つ。
そして、ある決心をする。

＊

――この一ヵ月、どこを探してもあなたはいなかった。
開登くん、旅立つ前に言ってたよね。
『一瞬一瞬を後悔のないように過ごしたいんだ』って。
人は、いつどうなってしまうかわからない。
わたしもそう思う。
だから、いつまでも逃げてないで、やるべきことをするね。
今まで一度も行けなかった場所に行くね。
怖いけど、頑張ってみる。
ずっと後悔していたことを、あなたに伝えたいから――。

＊

街路樹通りをあとにしたわたしは、開登くんの家の近くにあるお寺に着いた。

住職さんに「百鬼さんのお墓は……」と伝えると、すぐにその場所を教えてくれた。めずらしい名字のため、「百鬼家」のお墓はこの墓地にひとつしかないそうだ。

わたしは墓地を歩いていく。

そう——わたしは開登くんのお墓に一度も行ったことがなかった。

自分が彼を殺したのも同然なのに、どんな顔をしてお墓まいりをすればいいのかわからなかったのだ。

ただ、今は違う。どうしても彼に伝えたいことがあった。

住職さんに教えられた場所のお暮の前に、わたしは立った。

その石には縦書きで「先祖代々之墓」という文字が彫られ、土台の石には横書きで「百鬼家」という文字も彫られていた。

一旦（いったん）、下を向く。

今さらながら、やっぱり怖くなった。

彼が亡くなったという現実を、今になって実感しはじめたのだ。

まだ、彼の死を受け入れられていなかった。
お墓を見たことで、やっと直視する気になったのだ。
前を向きたくない。
それでも……それでも言わないと。
わたしは顔を上げた。
そして墓石を見つめたときに——愕然とした。
「なんで……」
体中が震える。膝がガクガクして、立っていられなくなりそうになる。
気をしっかり持ってバッグからスマホを取り出そうとする。
けど、焦ってなかなか見つからない。
手が震えている。
落ち着いて——。
自分に言い聞かせながら、なんとかスマホを取り出した。
そして震えのおさまらない手で、電話番号を調べる。
わたしは走っていた。
こんなに全力で走っているのは生まれてはじめてかもしれない。

街路樹通りを通り過ぎ、伊勢丹も過ぎたところで右に曲がった。

お腹が痛くなる。

ブーツで走ってきたせいか足の小指が痛い。きっと小指の外側がこすれて皮が剝けている。

さっきから心臓が破裂しそうで息も苦しい。

それでも走る。

わたしの痛みや苦しみなんてどうでもいい。

それよりも、早く行かないと——。

右手にあったその建物の中に入った。

すぐにエレベーターに乗って八階で降り、急いで受付へと向かう。

スタッフの人に話を聞いた。

そして、案内された部屋の扉を開ける。

病室のベッドには——開登くんが寝ていた。
腕に点滴だけはつけているけど、人工呼吸器もつけていないし、いろんなチューブやケーブルもつけられていない。

放心状態のわたしは一歩ずつゆっくりと彼に歩み寄り、ベッドの横にあった椅子に脱力しながら座った。

彼の顔を見つめる。優しい顔をして眠っている。たしかに呼吸をしている。

開登くんは――生きていた。

「ほんとに……いた」

あの墓石の側面には、開登くんの名前がなかった。

百鬼姓の名前はいくつも彫られていた。その中におじいさんやお母さんの名前もあったかもしれない。けど、「かいと」と読める文字はひとつもなかった。

彼の家にはなんども行っていたから、ほかに誰も住んでないことは知っていた。だから家主である開登くんが亡くなったら、あのお墓に眠っているはずなのだ。

けれど、彼はあそこにいなかった。

その理由を考えた。

最初に思いついたのは「身元不明者として亡くなった」ということ。

たとえば、三年前の事故の日――開登くんがダンスしていた女性たちを旅立たせた日に携帯電話や財布を持っていなくて、病院や警察が身元を確認できなかった。

それなら、もうひとつの可能性もある。

わたしはあの事故の日に、ユーレイの開登くんをたしかに見た。

この一ヵ月もユーレイの彼とずっと会い続けてきた。

目の前で旅立ったところも間違いなく確認した。

だけど——開登くんの遺体は、これまで一度も見ていなかった。

彼は生きている可能性もある——そう思って、三年前に開登くんが運ばれた病院に電話したのだ。

呆然としながら、眠っている彼に向かって口を開いた。

「さっき……病院の人から話を聞いたの。

三年前、あなたは蘇生処置をされて息を吹き返したって……」

彼はなにも答えない。

涙が込み上げてきて、鼻がツンとする。

「それから三年間ずっと状態が安定していたけど、二ヵ月前に危篤（きとく）状態になっていつ亡くなってもおかしくなかったらしいの。

そのあと三回だけ、状態が安定したって聞いた。

そのときに思い出した。

開登くんが突然、めまいを起こして消えたことを。

わたしと海に行った帰り、倒れた開登くんは姿を消した。そして二〜三分経ったら、また姿を現して目を覚ました。

『助けないと！』って言いながら……。

あなたはわたしと会っていないときにも二回めまいを起こして倒れていた。

倒れた回数はぜんぶで三回。

そして今から一ヵ月前に、あなたの状態は再び安定した。

開登くんの体が光って、わたしの前から消えた日だよ。

それからは、目が覚めてないけどずっと体調が良いって。

つまり……仮死状態でいる間は魂が体から離れてユーレイになっていた。

そして体調がよくなったら、魂が体に戻っていた。

現実離れした話だけど、そう考えるとつじつまが合うの。

……状態が安定した三回のうちの一回だけ、開登くんはうわごとを言ってたらしいよ。

なんて言ってたと思う？

『可子ちゃんを助けないと』って――」

涙がぶわっと溢れて前が見えなくなる。

人のことに構ってる状態じゃなかったのに……。

いつもそうだった。ヘラヘラして、わたしに気を遣ってばかりで、自分のことをなおざりにしていた。


「自分が死にそうなのに、わたしのことばっかり助けようとしないでよ！

ずっとそうだった。

わたし、助けられてばっかりで、なにも恩返しができてない！

わたしは三年前から、なんども開登くんに助けられてたの！

喫茶店ではじめて会ったあと、わたしに変わりたいって思わせてくれた。

お母さんとも和解できたし、学校にもまた行けるようになった。

三年前のあの事故から、わたしを救ってくれた。

事故現場で開登くんに話しかけていたときは、孤独から解放された。

それにこの二ヵ月も……開登くんはわたしを変えてくれた」


わたしは今まで彼に伝えていなかったことを口にする。

「開登くん、高校の前でわたしに言ったよね？

『この境界線を越えたら、変われるかも』って。

高校に忍び込むくらいでも、わたしにとっては、すごく勇気がいることだった。

開登くんが向こう側にいたから行けたの。

屋上で話した時間は、今まで生きてきた中で、いちばん楽しかった。

楽しい時間は、そのあとも続いた。

不思議と開登くんには、素の自分を見せられたから。

緊張したこともあったけど、喜怒哀楽も素直に表現できたし、言いたいことをはっきり主張できた。

新しい自分をどんどん発見できた。

開登くんは、いつもユーレイを助けていた。それが、どんな人でも。

こんなわたしでも、ちゃんと話してくれるとわかってた。開登くんが優しいって確信できてたから、自然と自分を出せたの。

あなたのおかげで、もうユーレイも怖くなくなった。

わたしの性格を好きって言ってくれたことも、ほんとうに嬉しかった。

わたしは開登くんにたくさん助けてもらった。

だから、この病院を突き止められたの。

今までの自分だったら、こんなことはできなかった。

自分にこんな行動ができるなんて思わなかった。

開登くんが、わたしを変えてくれたの――」


わたしは彼の左手を両手で握った。

そして、ずっと後悔してきたことを口にする――。


「わたし、開登くんのことが好き。

はじめてあなたを見たときから、あなたの後ろを歩いていた三年前から、ずっと好きだった。

わたしが開登くんをコソコソつけ回さなければ、もっと早く声をかけて自分の気持ちを伝えていれば、あんな事故にあうこともなかった。

こんなことになるなら、もっと早く言えばよかったって、いつも後悔してた。

これが――わたしのいちばんの後悔。わからなかったでしょ?」

わたしは泣きながら笑う。

「やっと言えた。

ずっと言いたかった。

……けどね、まだ気が済んでないの。

開登くんの気持ちは聞いてない。

ねえ……あなたはわたしのこと、どう思ってるの？

いつまでもそうやって寝てないで、返事を聞かせてよ！

あなたは『自分は変えられない』って言ってたけど、そうじゃないよ。

あなたは確実に変わっていってる。

人はどうすれば変われるんだろうって、わたしもいつも思ってた。その方法は、あなたが教えてくれた。あなたと出会ってわかったの。

人が変わるのって、別の自分になることじゃないの。

ほんとうの自分に戻ることなの。

縛られていた鎖を振りほどいて、ただの自分に戻ることなの。

あなたもわたしも、やっと鎖をほどきながら歩きはじめたところなの。

あなたの人生はこれからはじまるの。

だから起きてよ。開登くん、お願いだから起きてよ……」


彼の左手から、ぬくもりが伝わってくる——。

やわらかくて、あたたかい。


彼はずっと自分を諦めてきた。

だから、自分の意思を見つけられそうになったあのとき、体が光って旅立とうとしたのだ。

もう十分な人生だったと思ったのかもしれない。


それでも、わたしは彼に起きてほしい。

単純な理由だ。

わたしが彼に会いたいからだ。

彼のいろんな顔を見たい。

彼と話したい。

彼にさわりたい。

彼と一緒に行きたいところは、まだまだある。

セノバやロフトで買い物をしたい。

日本平（にほんだいら）動物園でホッキョクグマも見たい。

石垣イチゴでイチゴ狩りもしたい。

日本平ロープウェイにも行きたい。

駿河湾フェリーにも乗りたい。

三保松原（みほのまつばら）の海岸から富士山も眺めたい。

夢の吊橋（つりばし）の真ん中で、彼といつまでも一緒にいられるように祈りたい。

わたしはリア充じゃないから、どんなデートをしたらいいのかわからないし空気も読めない。だから、最後には彼に嫌われるかもしれない。

けど、そうなったらなったでしかたない。

そうなってもいいから、彼といろんなところに行きたい。

自分の願望ばっかりだ。どんどん出てきて止まらない。

わたしがこんな厚かましい女だなんて知らなかった。

わたしが彼を幸せにする。

受動的だったわたしは、かつてないほど能動的になっている。やけにガツガツしている。そして、こんなわたしも悪くないなと思う。

「自分を好きになれ」ってよく聞くけど、今、はじめてそうなれている。

なにをどうしてもそうなれなかったのに、わたしはわたしを肯定できている。

これから彼には、今までと違った苦しみが待ってるだろう。

鎖をほどけば軽くはなるけど、自分の体を世界にさらけ出すことにもなる。

それはわたしも同じだ。

それでも、ふたり一緒なら、どうにかなる。

ふたりなら、光り輝く人生になる。

わたしたちはこれから、もっともっと幸せになれる。

そう確信したわたしは、彼の左手を両手で強く握りながら目を閉じた。

そのとき――。

「……ただいま」

彼が、帰ってきた。

本書は書き下ろしです。

〈著者紹介〉

望月拓海（もちづき・たくみ）

神奈川県横浜市生まれ。日本脚本家連盟会員。静岡県浜松市と磐田市で育つ。上京後、放送作家として音楽番組を中心に携わった後、2017年『毎年、記憶を失う彼女の救いかた』で第54回メフィスト賞を受賞しデビュー。

透明なきみの後悔を見抜けない

2019年7月17日　第1刷発行　　定価はカバーに表示してあります

著者…………………望月拓海
©Takumi Mochizuki 2019, Printed in Japan
発行者…………………渡瀬昌彦
発行所…………………株式会社 講談社
〒112-8001 東京都文京区音羽2-12-21
編集03-5395-3506
販売03-5395-5817
業務03-5395-3615

本文データ制作…………講談社デジタル製作
印刷…………………豊国印刷株式会社
製本…………………株式会社国宝社
カバー印刷…………株式会社新藤慶昌堂
装丁フォーマット………ムシカゴグラフィクス
本文フォーマット………next door design

落丁本・乱丁本は購入書店名を明記のうえ、小社業務あてにお送りください。送料小社負担にてお取り替えいたします。
なお、この本についてのお問い合わせは文芸第三出版部あてにお願いいたします。
本書のコピー、スキャン、デジタル化等の無断複製は著作権法上での例外を除き禁じられています。本書を代行業者等の第三者に依頼してスキャンやデジタル化することはたとえ個人や家庭内の利用でも著作権法違反です。

ISBN978-4-06-515601-8　N.D.C.913　280p　15cm

望月拓海

毎年、記憶を失う彼女の救いかた

私は1年しか生きられない。毎年、私の記憶は両親の事故死直後に戻ってしまう。空白の3年を抱えた私の前に現れた見知らぬ小説家は、ある賭けを持ちかける。「1ヵ月デートして、僕の正体がわかったら君の勝ち。わからなかったら僕の勝ち」。事故以来、他人に心を閉ざしていたけれど、デートを重ねるうち彼の優しさに惹かれていき——。この恋の秘密に、あなたは必ず涙する。

望月拓海

顔の見えない僕と嘘つきな君の恋

「君は運命の女性と出会う。ただし四回」占い師のたわごとだ。運命の恋って普通は一回だろう？　大体、人には言えない特殊な体質と家族を持つ僕には、まともな恋なんてできるはずがない。そんな僕が巡り合った女性たち。人を信じられない僕が恋をするなんて！　だけど僕は知ってしまった。嘘つきな君の秘密を——。僕の運命の相手は誰だったのか、あなたにも考えてほしいんだ。

綾崎 隼

世界で一番かわいそうな私たち
第一幕

イラスト
ワカマツカオリ

戦後最大の未解決事件〈瀬戸内バスジャック事件〉に巻き込まれた十年前のあの夏から、声を失った三好詠葉、十七歳。彼女は舞原杏が教壇に立つフリースクール——静鈴荘で、傷を抱える子どもたちと学び、穏やかに暮らしていた。佐伯道成が教師として働きはじめるまでは……。詠葉の揺れる心に気付かぬまま、生徒の不登校を解決しようと奮闘する佐伯。彼が辿り着いた正解とは？

藤石波矢

神様のスイッチ

イラスト
Tamaki

同棲相手との未来に迷うフリーター、街を警らする女性警察官、恋に悩む大学生小説家に、駆け出しやくざや、八方美人の会社員。父娘の隔絶から麻薬強奪事件まで、この街は事件で満ちている！すれ違う彼らが起こす些細な波紋と、生じる驚きのドミノ倒し。神様が押すのは偶然という名の奇跡のスイッチ。気がつかないだけで、誰もが物語の主人公だ。大都市を疾駆する一夜限りの物語！

井上真偽

探偵が早すぎる（上）

イラスト

uki

父の死により莫大な遺産を相続した女子高生の一華。その遺産を狙い、一族は彼女を事故に見せかけ殺害しようと試みる。一華が唯一信頼する使用人の橋田は、命を救うためにある人物を雇った。それは事件が起こる前にトリックを看破、犯人(未遂)を特定してしまう究極の探偵！　完全犯罪かと思われた計画はなぜ露見した⁉　史上最速で事件を解決、探偵が「人を殺させない」ミステリ誕生！

相沢沙呼

小説の神様

イラスト
丹地陽子

僕は小説の主人公になり得ない人間だ。学生で作家デビューしたものの、発表した作品は酷評され売り上げも振るわない……。物語を紡ぐ意味を見失った僕の前に現れた、同い年の人気作家・小余綾詩凪（こゆるぎしいな）。二人で小説を合作するうち、僕は彼女の秘密に気がつく。彼女の言う〝小説の神様〟とは？　そして合作の行方は？　書くことでしか進めない、不器用な僕たちの先の見えない青春！

《最新刊》

ギルドレ（3）
滅亡都市
朝霧カフカ

記憶喪失の少年・神代カイルは、世界を救った救世主なのか？　カイルはたった一晩で滅亡した都市に残された、唯一の生存者の救出に向かう！

ブラッド・ブレイン 2
闇探偵の暗躍
小島正樹

死刑確定の凶悪犯罪者が収監されている孤島の刑務所で、連続殺人事件が発生。不可能犯罪に警察官5人殺しの「闇探偵」、月澤凌士が挑む！

渋谷隔絶
東京クロノス
小山恭平

「絶対に君を守ってみせる――」渋谷の異空間で、残酷な〝剪定選挙〟が始まる！　大人気VRゲーム「東京クロノス」完全新作ストーリー。

透明なきみの後悔を見抜けない
望月拓海

記憶を失ったぼくが出会った大学生、開登。人助けが趣味だという彼と、ぼくは失った過去を探しに出かける。衝撃と感動の恋愛ミステリー。

定価：本体各1300円（税別）

《最新刊》

八月は冷たい城　恩田 陸

夏のお城の林間学校に参加した四人の少年を迎えたのは、首を折られた四本のひまわり。少年たちを連れてきた「みどりおとこ」とは誰なのか。

美少年M　西尾維新

観せてあげる。美しいって、どういうことか――美観のマユミ、美少年探偵団を離れて、名門女子校に潜入調査！　美少年シリーズ最新作！

人間のように泣いたのか？　森 博嗣
Did She Cry Humanly?

キョートで開催される国際会議の席上、発表予定の新しい医療技術を巡る攻防。ハギリとウグイが巻き込まれた事態とは？　Wシリーズ完結！